Peter Rissmann

Liebes Zucker

Jutta Liebes Fall

Kriminalnovelle

© Peter Rissmann, 2007
Herstellung und Verlag:
Books on Demand GmbH, Norderstedt
Umschlagfoto Titel:
© André Charles de Beaulieu

ISBN-13: 9783837009699

Bibliografische Information der Deutschen Nationalbibliothek
Die Deutsche Nationalbibliothek verzeichnet diese Publikation in
der Deutschen Nationalbibliografie; detaillierte bibliografische
Daten sind im Internet über http://dnb.d-nb.de abrufbar

*M*ielitz starb nur einmal, und das war vorgestern. Seine Seele hatte sich lautlos verabschiedet. Ohne Nachsendeantrag ins Diesseits. Wenn sie ihn nicht so bedrängt hätte, wäre er schon viel früher vor der Wand zusammengesackt. Sie stemmte ihre Faust gegen seinen Bauch bis Blut durch die Handschuhe sickerte. Dann zog sie das Messer heraus.

„Schrei nicht", flüsterte sie. Wen sie damit meinte? Sich selber natürlich.

Wie ein letztes Fähnlein, das Mielitz Abgang hinterherwehte, stieg ein Duft in ihre Nase, eine Mischung aus feuchtem Nackenfell und dem dunklen Holzton seines Parfums. Vorgestern noch hatte sie auf seinem Rücken gelegen, ihre Nase unter sein Haar gesteckt und sich zu Tode geschnuppert. Aber dann musste etwas dazwischengekommen sein.

„Schrei nicht". Niemand antwortete ihr. Jetzt war sie wirklich alleine.

Sie lief bis zum Rand des Wäldchens und hielt nach dem Bus Ausschau. Er kam nicht. Nichts kam so, wie es sollte. Nicht einmal ihr Atem. Sie klammerte sich an einen Baumstamm und rang nach Luft. Gab es hier am Saum der Großstadt nicht im Überfluss davon? Irgendjemand hatte sie ausgesetzt. Ins Mittelfeld eines Marathonlaufs. Ihr Herzmuskel war zur Faust geballt, so entschlossen war sie, ans Ziel zu kommen.

Novemberkälte.

Der Nebel griff nach ihr. Nirgends Grund. Eine plötzliche Wankelmütigkeit hätte sie unter sich begraben, wenn nicht in letzter Sekunde der Bus wie aus dem Nichts aufgetaucht wäre. Die Drucklufttür öffnete sich und gab die kurze Treppe frei.

„Also, einsteigen oder nicht!?", rief der Fahrer. „Der nächste Bus kommt erst in 'ner knappen Stunde. Wenn überhaupt. Der findet in der Milchsuppe die Haltestelle nicht mehr."

Sie tastete nach den blutigen Handschuhen in ihrer Hosentasche. 'Blut ist dicker als Liebe', dachte sie und kicherte. Es klang wie der stotternde Motor eines Rasenmähers. Oder wie Keuchhusten. Ihre Schultern zitterten und ihre Augen wurden feucht von irgendwas.

Liebe, Jutta Liebe, 36.

Wind. Der Nebel schüttelte sich und gab Willems Silhouette frei. Mag sein, dass der ihm quer in der Kehle gesessen hatte wie eine Gräte. Konnte Willem ahnen, dass er der Gefahr, auf Nimmerwiedersehn zu verschwinden, um Haaresbreite entronnen war? Dem Tod aber entrann er nicht. Mal ehrlich, wer tat das schon?

Willem lehnte sich an den Laternenmast, dem letzten bevor das Feld begann. Sein Handy, klein wie ein Schokoriegel, leuchtete blau. Er drückte auf die Kurzwahltaste mit der Ziffer 3.

„Tanja ohne Hose vor der Glotze."

Willems Nackenfell sträubte sich. Trommelhaut. Da würde jetzt nicht nur ein Tischtennisball drauf abprallen. Vom Leib halten wollte er sich Tanja auf jeden Fall. Was ihm nicht immer gelungen war.

„Und nu? Ach, du liebe Zeit, eben ist meine Software abgestürzt und hat mein ganzes Telefonbuch gelöscht. Also, raus mit der Sprache, wem tret ich halbnackt gegenüber? Kenn ich Dich?"

„Willem."

„Willem-Alexander? Der Prinz der Niederlande. Is ja Maximal, Beileid auch für *den* Schwiegervater. Warte, ich zieh mir eben was an. Obwohl, von der Bettkante würd ich Willem-Alexander nicht schubsen."

„He, Tanja. Willem. Ich brauch dich."

„Willem?"

„Ja doch."

„Auf die Gefahr hin, dass ich irgendwas verpasst habe, ich kann mich nicht erinnern. War da mal was ..., eh, kurz, oder so. - Jetzt weiß ich's wieder, wir haben auf Julians Fete für drei Sekunden geknutscht, bis das Taxi zum zweiten Mal klingelte."

„Nein."

„Nein?"

„Willem ... von ... "

„So schlimm kann's doch nicht gewesen sein. He, meine Mutti hat mich davor gewarnt, mit Fremden zu telefonieren. Ich beherrsch'n paar prima Judogriffe."

„Tanja, hör zu .... "

„Wir haben mal zusammen in der Kiste gelegen und jetzt willst du mir erzählen, dass du Aids hast. Findest Du das komisch?"

„Willem von Katinka."

„Kenn ich nicht."

„Katinka, die Russin."

„Du bist *kein* Kerl, echt nicht?"

„Der Holländer und die Russin."

„Ach Willem, du bist das. Ich hab dich wirklich nicht erkannt."

„Uff. Ich dachte schon, du hättest mich vergessen."

„Nein, nein. Ich seh grad so 'nen süßen Film mit Leonardo de Caprizioso."

„Hast du das Päckchen?"

„Ja, liegt hier. Klingel 3x kurz hintereinander, dann zieh ich mir meine Jeans an. Ciao."

„Eh, ... Ciao, Tanja."

Willem schlug das Mobiltelefon gegen seinen Schenkel. Er wollte Tanjas Worte rausklopfen wie Tabakreste aus einer Pfeife. Gut, er würde ihr einen Spruch zwischen die Augen setzen und gleich zur Sache kommen. Willem war nicht alleine. Wer genau hinzuschauen vermochte, nahm hinter der letzten Laterne, da wo die Felder begannen, zwei glänzende Schuhspitzen wahr, die unter dem Nebel hervorlugten wie unter einem weißen Vorhang.

Willem fröstelte. Die Laterne entließ ihn aus ihrer Obhut. Er lief zurück in die Stadt. Das Zwielicht in den Anschnitten der Lichtkegel mied er. Gut so. Jemand nahm ihn aufs Korn.

Eine Gestalt mit spitzen Schuhen huschte Willem hinterher. Ihr Schatten lag wie ein schwarzer Schal auf Willems Spur.

In Tanjas Wohnung schrillte die Klingel. Eher, als sie erwartet hatte. Eher, als Willem ihre Häuserzeile hätte erreichen können, in deren Nacken das Mondlicht lag, kalt und feucht.

Mrocinski lachte. Polternd, als träte jemand Wackersteine einen Hang hinunter. Er schlug irgendwem gönnerhaft auf die Schulter. Hinter ihm quollen Obal und Zwar ins Büro. Sie warfen sich Flüche zu wie Ping-pong-Bälle. Das taten sie täglich und täglich öfter, und wo man den einen sah, brauchte man den anderen nicht lange zu suchen. Es fluchte den ganzen Tag durch die Korridore des Kommissariats. Nur die Lautstärke variierte. Je nachdem, ob Obal und Zwar gemeinsam eine Tür aufrissen, in ihrem Verschlag hockten, oder sich die fauligen Bälle vor dem Getränkeautomaten zuwarfen. Mochten die Bälle selber auch vor sich hin stinken, die Flugbahnen, die sie zurücklegten, waren voller Spannkraft: Obal und Zwar betrieben das Fluchen wie andere Squash oder Tennis. Wenn sie überhaupt jemandem glichen, dann Dideldum und Dideldei aus *Alice hinter den Spiegeln*. Dum und Dei standen in ihrem Fall für Weiß und Schwarz. Dick waren sie beide. Obal kam ursprünglich aus dem Sudan, und Zwar aus Wanne-Eickel.

Mrocinski hielt die programmatische Rede des Tages: „In jedem Rhinozeros schlummert ein süßes kleines Miezekätzchen und das will gestreichelt werden. Aber das ist nicht unser Job. Das überlassen wir den anderen, den Müttern, Geliebten, schwulen Freunden, Schwestern ....."

Mäppel lachte und hobelte mit dem Ellenbogen über die Schreibtischkante.

„.... Schwestern.", wiederholte Mrocinski entschieden. „Und genau die müssen wir finden, wenn wir unser Rhinozeros fangen wollen. Die werden ihr Rhinozeros verraten, weil es für sie keins ist. Sie sind duselig vor Gefühlen, und diese Duselei machen wir uns zunutze. Finden wir die, bei denen unser Rhinozeros ein Miezekätzchen ist. Judasse alle miteinander, die ihn verraten, ihre werdet sehen. Und deshalb nennen wir unsere Operation ...."

„Judas."

„Quatsch, Mäppel! ... - Miezekätzchen, Operation Miezekätzchen!"

Murmeln. Kicherte da nicht jemand? Im Normalfall ein riskantes Unternehmen, - aber Mrocinski war jetzt angesichts seines Selbstgenusses nur bedingt gefährlich. „Klemmen sie sich dahinter, Jutta!". Er lachte jovial und sein Bauchfell rollte dabei fast bis vor ihre Füße. Juttas Nackenhaare sträubten sich, sie schnappte sich die Unterlagen und floh aus seinem Büro.

Die Lederhandschuhe stecken im Hosensack, pressen sich dicht gegen ihren warmen Schenkel. Das geronnene Blut ist längst getrocknet. Selbstverständlich trägt sie eine andere Jeans als gestern. Das unvermeidliche Fluchen von Obal und Zwar dringt in ihr Ohr. Im Flüsterton diesmal, als hätten sie etwas vor ihr zu verbergen.

Jutta schiebt den Ordner auf's Dach des Kaffeeautomaten.
Jutta Liebe, 36 Jahre, 162, dunkelblond.
Der Becher eiert aus der Röhre, setzt zur Landung an. Noch bevor er endgültig zur Ruhe kommt, quillt trübe Flüssigkeit aus der Düse.

Dass ihr schwindlig wird, dass sie sich auf den Boden setzt, dass sie den Rücken gegen den Automaten lehnt und tief und ruhig zu atmen versucht. Dass sie mit der rechten Hand über ihrem Kopf nach dem Becher tastet, dass sie ihn zu sich herunterholt, beide Hände daran wärmt und den starken Kaffee schluckweise in sich hineinschlürft. Dass die Hitze erst das Pflaster löst und dann scharf in die Schnittwunde beißt. Dass sie die verletzte Hand in den Schoß legt wie einen Fremdkörper, gierig trinkt, in immer größeren Schlucken den Becher leert. Dass sich ihr Gaumen kräuselt, weil der Kaffee so stark

geröstet ist, - das alles weiß Willem nicht. Geht's ihn was an?
Warten wir's ab.

Was Willem wenig später sieht:
Die Liebe bäuchlings auf den flaschengrünen Fliesen.
Mag sein, ihre Rückenansicht versengt ihm den Verstand.

Wie Jutta zu Boden ging:
Ihr Ring, für den kleinen Finger, an dem sie ihn trug, zu groß, glitt in die Innenfläche ihrer Hand und blieb am feuchten Handballen kleben. Vor die Wahl gestellt, im Ärmel ihres Pullovers zu verschwinden oder einen mutigen Sprung zu wagen, entschied sich der Ring für das Abenteuer und hüpfte in die Freiheit. Ging allerdings erstmal unterm Getränkeautomaten in Deckung. Sehnsüchtig streckten sich ihm Läufe und Schwänze von Staubmäusen entgegen. Der dicksten und dunkelsten Maus ganz hinten an der Wand stülpte sich der Ring um die Schnauze, dass es sie nur so wuschelte. Und nun fuchtelt Jutta Liebe mit einem zu kurzen Arm im Staub herum.
„Ich helfe ihnen!", ruft Willem. Ihr schon näher, als die Anzahl der Schritte, die er noch zurücklegen muss, vermuten lassen.

Was Willem berührt, als er sich neben sie legt:
Beinahe den Streifen Haut, der zwischen Hosenbund und T-Shirt-Saum freiliegt, weil sie sich länger machen muss, als sie ist.
Was Willem in die Nase steigt:
Ein Duft von Citrusöl und frischem Weizenbrot.
Irgendwo zwischen Herz und Bauch öffnet sich bei Wil-

11

lem ein Geheimfach. Hat er nicht vor einem halben Jahr den Schlüssel dazu verloren?

Natürlich hatte sie sich gestern Abend geduscht. So heiß, dass der Nebel eingesperrt in ihrem Badezimmer hockte, stundenlang. Trotzdem saß die Kälte als ungebetener Gast neben ihr auf der Couch. Um den Ekel vor sich selber zu überwinden, hatte sie versuchte, sich zu streicheln. Aber schließlich blieb die unverletzte Hand stumm zwischen ihren Schenkeln liegen. Sie vergaß ihren Blick irgendwo in der Zimmerecke. Bis zum Morgen.

Als sei Willems Gefälligkeit eine Zumutung für sie gewesen, springt sie hoch, schützt ihre verletzte Hand mit der gesunden und starrt auf ihn hinunter. Feindselig. Im selben Moment präsentiert er ihr den Ring. Und grinst.
Sie schnappt danach und eilt den Flur hinunter, ohne sich noch einmal umzusehen. Der Paukenschlag, mit dem die Tür hinter ihr ins Schloss fällt, könnte ein Gespenst vertreiben. Willem ist aber keins.
Er legt seine Stirn an den Kaffeeautomaten und drückt aufs Geratewohl eine Taste.
Vielleicht findet er noch unbehelligt in sein Leben, zurück, schließlich hat er ihrem Büro schon den Rücken zugekehrt.
Das Brummen des Einfüllmechanismus sucht ein Echo in seinem Kopf. Erst, als er zum zweiten Mal an der lauwarmen, wässrigen Brühe nippt, die ganz entfernt an Schokolade erinnert, sieht er den Ordner oben auf dem Automaten liegen.
Jetzt hat er keine andere Wahl mehr.

„Ihr Kakao!",
ruft Mrocinski, den gezügelter Arbeitswille zum Getränkeautomaten treibt. Vielleicht hat er auch Obal und Zwar lange nicht fluchen hören, ein Background Chor, nach dem man süchtig werden kann.

Willem überhört die Stimme hinter sich, wedelt ohne sich umzusehen mit der Hand wie nach einer lästigen Stubenfliege.

Und wie ein Strömling, dessen Tempo sich in einer Bachenge beschleunigt, ist er unter dem Druck dieser neuen Störung im Nu zu ihr hineingeschlüpft.

Sie sitzt hinter dem Schreibtisch, die Arme um die angewinkelten Knie geschlungen. Regen. Herbstblätter, die das Gelb der Sommersonne nachahmen. Gibt es so etwas wie ein Farbecho?

Sie richtet sich erschrocken im Stuhl auf und niest.

„Das hilft", sagt er und reicht ihr den Aktenordner über den Tisch.

„Übrigens, der Kakao ist scheußlich."

„Nicht für Besucher.", antwortet sie knapp.

„Besucher haben wohl einen zu guten Geschmack?", entgegnet er und grinst.

„Wie bitte? -", sie schnieft beleidigt.

Stille, wenn auch nicht lange.

„Soll ich Ihnen einen Kaffee holen? - Einen für Kommissare?"

„Hm", brummt sie.

„Übrigens, Vorsicht, ich hab eine Leiche im Keller."

„Ich auch.", sagt Jutta schroff und zieht die Akten zu sich heran. „Nun machen sie schon."

„Was?"

„Na, Kaffee holen. ... Von mir aus auch zwei".

Gut so, denkt Willem. Im Zweifel, ob der Automat seinen Befehlen gehorchen wird, klopft er beschwörend mit den Fingerknöcheln gegen das Metall. Aber jetzt wird dem Schicksal erstmal das Genick gebrochen. Der Becher klemmt, die schwarze Brühe benutzt ihn als Abschussrampe, kleckert im Bogen gegen Willems Pullover und spritzt auf den Fußboden, als Willem zurückweicht. Eine Putzfrau, woher auch immer sofort zur Stelle, kommt mit einem Lappen in der Hand drohend auf ihn zu. Juttas Tür schießt im Sog eines Luftzugs in den Rahmen und wirkt, als wäre sie immer verschlossen gewesen. Mrocinski rollt aus der Toilettentür und blafft: "Was wollen sie eigentlich hier?"

Obal und Zwar stecken gleichzeitig die Köpfe aus ihrem Verschlag. Lautes zweistimmiges Fluchen stiebt im Flur gegen die Wand, springt in weiten Winkeln von Flurseite zu Flurseite und knallt gegen Willems Hinterkopf. Eine Schmerzattacke spaltet sein Hirn in eine gute und eine böse Hälfte.

Ein Beamter in Uniform hat sich so leise genähert, dass Willem erschrocken zusammenzuckt und zurücktaumelt. Durch die plötzliche Bewegung kollidiert sein Gehirn zu allem Überfluss irgendwo mit der Schädeldecke.

„Zeigen sie mir ihren Ausweis!"

Der Ton des Polizeibeamten duldet keinen Widerspruch und Willem, der vergeblich eine Hand gegen den Kopf presst, folgt ihm widerstandslos in Richtung Ausgang. Migräne. Jetzt hilft nichts mehr, nicht einmal verschreibungspflichtige Tabletten.

Jutta hält die Akte so fest umklammert, dass ihre Knöchel weiß hervortreten. Mrocinski tritt ein, ohne anzuklopfen.

Wie üblich.

„Herrenloser Kaffee im Automaten.",sagt er knapp.

„Kennst du den?"

„Den Kaffee?"

„Quatsch, den Typ, der vorhin bei dir im Zimmer war."

„Ein ... Zeuge."

„Und ich dachte, der zukünftiger Erzeuger deiner Kinder. Ha, ha, ha, ha."

„Der kommt mir gerade recht."

„Klar, schnuckliges Bürschchen."

„Ich mein den Kaffee. Her damit und raus."

Er trollt sich und tut beleidigt. Kurz vor der Tür dreht er sich nochmal um:

„Schlecht geschlafen?"

„Nein ... wieso?"

„Siehst blass aus. Bei *Miezekätzchen* muss ich mich auf dich verlassen können. Leg dich ein paar Stunden aufs Ohr. Das Rhinozeros gehört schon so gut wie uns, merk dir das."

Jutta möchte sterben und klammert sich an den Becher. Der Ring liegt irgendwo zwischen den Sicherheitsnadeln in der Stifteschale. Sie gibt dem Impuls, sich bäuchlings auf den Boden zu legen, nicht nach.

Eines Tages, - es war so ein Tag, wo die Wünsche mitten durch einen hindurchgehen und einem das Herz brechen, jedenfalls empfand es Jutta an diesem Tag so, - lag auf einem Teller mit Erdbeeren der Ring zwischen den Früchten. Mielitz hielt den Tellerand mit beiden Händen, vorsichtig, als säße auf ihm ein Vogel, der jederzeit seine Schwingen spreizen und auf und davon fliegen könnte. Erst küsste sie ihn für die Erdbeeren, dann, als sie das

15

Gold aufblitzen sah, gluckste sie vor Freude, tauchte den Finger ins Rot hinein, bis der Ring wie von alleine auf ihren Finger schlüpfte. Sie fiel ihm in die Arme und er konnte gerade noch rechtzeitig den Teller abstellen. Als sie wieder alleine war, - nein, sie hatte nicht mit Mielitz geschlafen, auch nicht aus Dankbarkeit, schließlich war sie nicht seine Hure - juckte die Haut unter dem Ring plötzlich so sehr, dass sie ihn rasch abstreifte und zwischen die übrig gebliebenen Erdbeeren auf den Teller zurücklegte. Konnte man, wie das Mädchen im Märchen *Marienkind*, unglücklich werden, wenn man seinen Finger in fremdes Gold tauchte? Wochen später schlief sie mit Mielitz und trug seitdem seinen Ring. Bedingungslos.

Ein Streifenwagen fährt Willem nach Hause, Gefahr im Verzug. Er zeigt den Beamten das Formular, mit dem er seinen neuen Personalausweis abholen sollte, im Einwohnermeldeamt, zwei Etagen über dem Kommissariat. Trotz der Kopfschmerzen presst er sein Hirn aus wie eine Zitrone, treibt es zu Höchstleistungen an. Aber ihm fällt kein Vorwand ein, um ins Büro der Kommissarin zurückkehren zu können. (*Liebe, Kommissar* stand auf dem Schild an der Tür). Unten vor seinem Haus wird der Polizeiwagen zu einem Einsatz gerufen und saust mit Blaulicht und Sirene davon. Willem holt sich eine kalte Bierdose aus dem Kühlschrank und presst sie gegen seinen Nacken. Seit Katinka nicht mehr da ist, hat er regelmäßig diese Kopfschmerzattacken. Ob man die Liebe einfach anrufen kann?

Schnabel schildert den Fund der Leiche. Er war mit Mrocinski am Tatort im Ruhwäldchen, beide hatten Bereitschaft. Dass der Mann am Umspannhäuschen ermordet wurde, steht zweifelsfrei fest.

„Ich denke, er stand vor der Mauer, als das Rhinozeros ...“

„Schnabel!“ Die Liebe funkelt ihn böse an.

„Sorry. Als der Mörder ihm das Messer in den Bauch rammte. Er sackte vor der Wand zusammen. Die Tatwaffe bleibt verschwunden, obwohl wir im Umkreis von 20 Metern jedes Blättchen umgedreht haben.“

„Kein Messer?“, Jutta fährt herum und presst die Hände gegen die Hosennaht, - *bloß nicht auf die Tasche, bloß nicht. Wer, verdammt nochmal, wer hat das Messer an sich genommen? Das konnte doch nur heißen ... jemand musste sie gesehen haben ...! Ihre Zunge fühlt sich plötzlich pelzig an, als gehöre sie gar nicht in ihren Mund, und sie ist froh, dass Schnabel am Zug ist und sie mit dieser fremden Zunge nichts sagen muss.*

Wo, verdammt nochmal, war das Messer?

„Der kleine Stausee kommt noch in Frage. Aber Mrocinski meint, der Mörder könnte das Messer mitgenommen haben.“

„Mörderin?“

„Auch möglich, Schuhgröße 42.“

„Wie ich.“

„So groß sind sie doch gar nicht.“

„Danke.“

„Ich mein, sie sind gut gebaut ... ringsum.“

„Hör auf, Schnabel, es wird kein Kompliment mehr draus.“

„Okay, okay ... wo war ich? Also der Mörder ... oder die Mörderin ... vielleicht so reizend wie sie ...“

„Wieder daneben ... oder wollen sie mich mit einer Mörderin vergleichen?"

„Nein, Gott bewahre! ... Der Täter könnte also die Mordwaffe mitgenommen haben. Mrocinski meint, er will nicht riskieren, dass das Messer in seiner Küchenschublade fehlt."

„Mmh. Fluchtspuren?"

„Nicht weit." Er räuspert sich. Die Liebe schaut auf.

„Der Täter muss ziemlich ... leicht gewesen sein. So wie ..."

„Keine Komplimente!"

„Und dann hat's ja auch ziemlich geregnet danach. Das viele aufgequollene Laub. ... Hier sind übrigens die Fotos."

Sie legt rasch eine flache Hand auf den Umschlag, Schnabel soll nur ja nicht auf den Gedanken kommen, ihn zu öffnen.

„Später."

„Soll ich 'nen Kaffee holen."

„Fühl mich schon wie 'ne gebrauchte Filtertüte."

„Ja dann, ... schau ich mal bei der Spurensicherung vorbei."

„Tun sie das."

„Sie rufen mich, wenn sie mich brauchen."

„Hmm."

„ ... "

„Schnabel?"

„Bin schon weg."

Die Liebe starrt auf den braunen Umschlag, der vor ihr liegt. Dann ist sie in zwei Sprüngen an der Tür und schiebt einen Stuhl unter die Klinke.

Obal und Zwar fluchen, auch wenn die Liebe sie nicht

hören kann.

Willem hockte zwischen Dads Beinen. Es fehlte nicht viel und sein Atem wär davongeflogen wie ein Vogel. Er wurde von Tränen geschüttelt. Natürlich war er nicht darauf vorbereitet. Fast hätte er es nicht mehr geschafft, auf die Beine zu kommen. Am offenen Fenster versuchte er, Atem von weit herzuholen. Seine Hände würgten eine Zigarette aus der vollen Packung. Erst fiel ihm das Feuerzeug auf die Fensterbank, dann die brennende Zigarette auf den Fußboden. Er versuchte es kein zweites Mal. Er sah nichts auf der Straße unter ihm, nichts im Park gegenüber. Die Dämmerung, unbekanntes Tier, hatte damit begonnen alle Farbe vom Tag herunterzulecken. Von ihrem Mahl würde bald nur noch ein tintenblauer Teller übrig bleiben.

„Ich kann nicht bis Dienstag bleiben.", sagte er.

Er hatte viel zu laut gesprochen, aber es war schon zu spät.

Dads Augenbraue zuckte.

Willem sah auf das Bild da draußen, das schon fast schwarz-weiß war und griff mit der linken Hand hinein, um es wegzuwischen wie eine Schliere auf Fensterglas. Er hätte geschrien, wenn er Halt gefunden hätte. Es gelang ihm irgendwie, seine Balance nicht zu verlieren.

Dads Augenbraue zuckte. Als wenn es für Willem je eine andere Möglichkeit gegeben hätte, als genau das zu erwarten. Störrisch zog er an den Manschetten, die immer wieder unter den Ärmelaufschlägen seines Jacketts verschwanden.

Als Kind war er der Überzeugung gewesen, Vater unterdrücke mit dem Zucken der Augenbraue seine

Tränen. Und nur er, Willem, konnte schuld an diesen Tränen sein. Wer sonst? Und daran, dass Dad sie nicht weinen konnte. Die Schuld brannte in der Brust. Versiegelte Tränen hatten Vater vor Willems Augen unklar gemacht. Ironischerweise waren die Momente, in denen Dads Augen zuckten, die einzigen, an denen er seine Aufmerksamkeit unmittelbar auf Willem richtete. Nur dann gab er ihm seinen Blick schonungslos preis, - mit einer langsamen und in der Gleichmäßigkeit der Bewegung fast mechanischen Drehung des Kopfes. Wie ein Zielfernrohr, das Maß nimmt für den Schuss. In der Regel richtete er Willem mit Worten zu, spionierte ihn mit Blicken nur im Verborgenen aus.

Dads Knie klafften auseinander wie die Kiefer eines unersättlichen Mauls.

Willem rauchte nicht. Nie wieder.

„Ich fahre morgen. Die Katze wartet. Das Arbeitsamt braucht eine Bescheinigung. Ich habe Lust, mich wieder mit meinen Freunden zu treffen."

Er sprach diesmal eine Spur zu sanft, fast gequält. Musste er mit Worten unterdrücken, was ihm in Dads Gegenwart gefährlich werden konnte, ihm allein?

„Freundin." Es war, als ahme das ferne Grummeln eines Donners Dads Stimme nach und bilde das Echo eines Wortes, das niemand kannte.

„Wir trinken Bier und lästern über die Regierung."

Zu spät, er hätte sich auf die Zunge beißen mögen. Warum schickte er eine Erklärung hinterher, die wie eine Entschuldigung wirkte? Aber er war es verdammt nochmal gewohnt, seinem Vater etwas an die Hand zu geben.

Hatte sich das Wort 'Freundin' zufällig aus den verklebten Windungen seiner grauen Zellen herausgequetscht? Dad hatte Alzheimer. Ob ein Wort in den Gesprächszusammenhang passte oder nicht, konnte er nur noch selten entscheiden.

Wusste andererseits Willem überhaupt noch, was eine Freundin war? Er beugte sich über die Fensterbrüstung und überblickte den Vorhof. Ein Trupp von Männern in roten Latzhosen stieg aus einem Kleinbus. Vermutlich irgendeine Putzkolonne. Vielleicht, dachte Willem, waren die roten Hosen die Hosen der Panzerknacker, und kaum, dass die Männer das Altenheim betraten, in dem sein Vater im zweiten Stock ein Zimmer bewohnte, würden sie sich demaskieren, in Entenhausener Dialekt verfallen und den Alten die messingschimmernden Bilderrahmen entwenden, die Familienfotos zu Zielscheiben rückwärtsgerichteter Sehnsucht machten. Wenn dem so war, handelte die Panzerknackerbande im Auftrag der Heimleitung, damit die Greise, dieser neuen Demütigung schutzlos ausgeliefert, um so entschlossener auf das Totenfloß sprangen.

Plötzlich roch er nichts anderes mehr, als eine schwüle Mischung aus Staub, Salmiakgeist und Desinfektionsmitteln. Und tief unter diesem Cocktail lag ein olfaktorisches Gazenetz von Urin, als habe der in die Matratze, das Linoleum, die Kleider, ja sogar in die Möbel, für immer sein Zeichen eingebrannt. Der Schweiß trat ihm auf die Stirn und perlte hinunter bis über den Saum seiner Oberlippe.

Der Liebe entgeht Willem nicht.

Er kniet nieder. Wie schon viele vor ihm vor der Liebe ihres Lebens. Gut, dass er die Münze vor dem Schreibwarenladen hat liegen sehen. Vom Bürgersteig hat man gute Sicht aufs Rathaus. Wenn er sich nicht irrt, sieht Juttas Fenster auf diese Seite hinaus. Als er sich aufrichtet, treffen sich ihre Blicke. So hoch ist die zweite Etage nun auch wieder nicht. Aug in Auge verweilen sie, bis sich das Braun seiner Iris mit ihrem Blau verwechselt. Er schmeißt die Kupfermünze zurück auf den Asphalt. Auf dass ein anderer ein anderes Glück finde.

Du entschließt dich plötzlich, deinen alten Füller in die Reparatur zu geben, wirfst die Lederjacke über die Schulter, öffnest die Tür, versicherst dich, dass niemand auf dem Flur ist und wetzt zum Treppenhaus. Ungeduldig wippst du auf den Absätzen, der Aufzug lässt sich Zeit, du hättest längst auf der Straße sein können.

Willem hat unterdessen den Laden betreten. Vor lauter verzweifelter Langeweile durchstöbert er einen Karton mit Kunstpostkarten. Die Verkäuferin telefoniert mit ihrer schwerhörigen Mutter. Hinter den Regalen raschelt es wie von hungrigen Mäusen, eine Neonröhre flackert bis sie endgültig erlischt. Es ist fünf Uhr, fast dunkel, fast Winter.

Er will seine Postkarte bezahlen. Dass das dauert, kann ihm nur recht sein. Offensichtlich braucht die Mutter am anderen Ende der Leitung Trost. Die Türglocke schlägt. Neben ihm riecht es plötzlich nach Wildleder. Er braucht nicht erst hinzuschauen:

Du bist da.

Die Verkäuferin schickt Blicke gen Himmel und gestikuliert verzweifelt mit der freien Hand: Die Schnur reicht nicht bis an die Kasse.

Du zeigst Willem den Füller und lächelst mit den Augen, verschwörerisch.

Die Verkäuferin redet immer lauter, ein Wortgeprassel, dass man sich den Kragen bis über die Ohren ziehen möchte.

Willem gehorcht dem Impuls, über den Ärmel Deiner Lederjacke zu streichen, nicht.

Er wendet die Postkarte in beiden Händen um und um, als wäre es wichtig, keine Hand frei zu haben.

Sein Blick streicht Dein Profil entlang wie der Blick eines Malers, der sich jeden überraschenden Bogen von der Stirn über die Nase zum Mund, jeden Farbwechsel, jede Unebenheit merken will. Er kann sich nicht vorstellen, dass Du je etwas tun könntest, von dem er nicht hingerissen sein wird.

Irgendwo zwischen Kehle und Herz pustet ein lauer Wind.

Du machst einen Schritt auf deine Geburt zu und schlägst dem Tod ein Schnippchen.

Die Verkäuferin hat aufgelegt. Bevor sie etwas sagen kann, fasst sie sich plötzlich an die Nase und wird von einem heftigen Niesanfall geschüttelt. Sie rettet sich hinter einen roten Vorhang.

Du kicherst mit geschlossenen Lippen und vergisst nicht, Willem dabei anzusehen. Als ein Trompetenstoß durch den Vorhang dringt, als schneuze sich ein Elefant, gelingt es Dir nicht länger, das Lachen zu unterdrücken, Du packst Willem bei den Händen, als wär das die selbstverständlichste Sache von der Welt, rennst zum Laden hinaus, springst die drei Stufen hinunter, lachst, dass Dir die Tränen die Backen hinunterkullern, liegst Willem in den Armen.

Wann ihr vom Boden abhebt ist unklar, und die Welt dreht sich um euch, Kreisel, herum.

Obal und Zwar starren aus ihrem Fenster im zweiten Stock auf die Straße hinunter. Fluchpause. Als Jutta die beiden Nasen hinter der Scheibe sieht, fällt die Fratze des Glücks von ihr herunter wie eine schlecht sitzende Maske.

„Ich hab zu tun.", sagt sie kühl, lässt Willem,
- „Willem, Liebster", denkst du -
stehen, wechselt die Straßenseite und verschwindet in einem Nebeneingang des Rathauses.

Jutta Liebe ist die Tochter eines Konditors aus Hannover. Den Spruch „Liebes Zucker = Liebeszucker" kannte jedes Kind in der Stadt. Jonathan Liebe zog's auf die klebrige Spur des Vaters.
Juttas Mutter war eine Pferdenärrin. Rena Liebe, geborene Paul, war eine Wucht. Ihr Haar, blond und strohig, war kaum zu bändigen. Auf die gleiche Weise, wie sie sich ihrem Brauereipferd in die Zügel warf, hatte sie sich ihrem Mann an den Hals geworfen.
Jonathan Liebe lag Zuckerbäckerei in der Familie. Sein Urgroßvater war in den Diensten des Erzherzogs bekannt für seine außerordentlichen Puddingschöpfungen, schon dem Vorkoster zauberte er ein marzipanisches Lächeln auf die Lippen.
Sein Großvater, Peter Liebe, gründete ein Konditorgeschäft in der Landeshauptstadt und trug den Titel 'Höfischer Gutslieferant'. Seine Schokoladencreationen rundeten allen Landeskindern die Wangen und die Bäuche bis sie Grübchen bekamen, - die Wangen sowohl wie die Bäuche. Ihm rundete sich der Geldsack. Sein Vater Albert tüftelte an Pralinés und Trüffeln herum. Er

aß selber solche Mengen der eigenen Creationen, dass er sich nicht selten anders zu helfen wusste, als den Finger in den Hals zu stecken. Hätte er das nicht getan, wäre er schon bald als sein größtes Verkaufsexponat im Schaufenster gelandet: Mit Schokolade gefüllte Speckschwarte.

Juttas Liebe zum Konditoreihandwerk hielt sich in Grenzen. Als sie ihrem Vater Jonathan eröffnete, dass sie nicht daran dächte, bei ihm oder einem anderen Vertreter der Zunft in die Lehre zu gehen, hielt er diesem Angriff auf seine Selbstliebe nicht stand und knallte die Tür zur Tortenvitrine zu. Fassungslos starrte er auf zwei Katastrophen: den Scherbenhaufen vor sich und den Trümmerhaufen in sich. Beides rührte an seine Existenz. Er drohte mit einer Herzattacke, bekam aber keine. Jutta trat in die Polizeiakademie ein. Einen Infarkt bekam Jonathan Liebe erst drei Jahre später, bis dahin hatte das Balsam des Selbstmitleids lindernde Dienste geleistet.

Jutta reihte sich ein in das Selbstvertrauen der Konditorlinie und war andererseits so störrisch wie ihre Mutter. Ihr Kopf war kraus, allerdings hatte sie die dunklen Haare ihres Vaters geerbt. Sie war stämmig, dabei aber so wohl proportioniert, dass sie von Vaters Gesellen und Lehrlingen noch bis über ihren vierzehnten Geburtstag hinaus geknuddelt wurde. Am fünfzehnten Geburtstag trat sie ihnen allerdings so wirkungsvoll auf die Füße, dass sie fast unhöflich wurden. Tags zuvor war sie mit Kurt Wagemeister aus der Unterprima im Kino gewesen und hatte sich gegen seine feuchte Zunge in ihrem Mund zur Wehr gesetzt. Die fünf Knutschflecken am Hals trug sie allerdings wie Trophäen zur Schau.

Willem hatte ihre Leiche gefunden.

Knapp zwanzig Minuten nach dem Telefonat mit Tanja war er vor ihrem Haus angekommen. Das Licht hatte schon nach ihm geschnappt, als er noch vier Meter entfernt war, Bewegungsmelder. Hatte der Mörder auch so im Scheinwerferlicht gestanden, hatte ihn jemand gesehen? In den Etagen über und unter ihrer Wohnung war es stockfinster. Hinter dem einzigen Fenster, das erleuchtet war, lag Tanjas Küche. Er konnte sich nicht erinnern, ob sie Hosen angehabt hatte oder nicht. Die Wohnungstür musste wohl offen gestanden haben, sonst wäre er doch nicht hineingekommen. Von dem versprochenen Päckchen keine Spur.

Tanja hatte den Türöffner betätigt ohne nachzufragen. Warum hätte ihn das wundern sollen, schließlich hatte er seinen Besuch angekündigt? Es musste jemand in der Wohnung gewesen sein, als er klingelte. Der Mörder?

Wenn er sich nur nicht seiner Erinnerungen so unsicher gewesen wäre. Sein Versuch, die Fakten zu ordnen, glich jenen Legespielen mit Streichhölzern, bei denen man stets das Gefühl hatte, eins der Hölzchen zerbrechen zu müssen, damit es ins Lösungsbild passte. Wieso hatte noch nichts von Tanjas Leiche in der Zeitung gestanden? Vermisste sie niemand?

Natürlich warf er sich vor, die Polizei nicht verständigt zu haben. Er hatte sogar den Türknauf abgewischt. Hatte er sonst noch etwas berührt? Als er sie auf den Rücken drehte, musste er sie angefasst haben, aber konnte man auf Stoff und Haut Fingerabdrücke hinterlassen?

Ja, natürlich, jetzt erinnerte er sich: Sie trug einen Slip mit einem auffälligen Muster, das so aussah, als greife eine

Hand von hinten zwischen ihren Beinen hervor, nein, Unsinn, es war eins dieser fünfgliedrigen Blätter, die in den Herbstfarben gelb und rot verglühten. Ein schwarzsamtener Slip mit einer handvoll Flammen auf dem Schamhügel. Bei wem, überlegte er, sollte dieses Signal ein Feuer von Leidenschaft entfachen? Bei ihm? Bei ihr selber? Er hätte nichts dagegen gehabt, sie noch ein letztes Mal nackt zu sehen. Er stocherte in einer Portion kalter Nudeln herum. *Con vongole.* Falsche Versprechung. In der Soße war nicht eine einzige Muschel zu finden.

Er dachte darüber nach, ob nicht gerade Frauen, die verblichene Kaufhausslips zu Dutzenden in ihrer Schublade liegen hatten, zu neugierigem, offensiven Sex fähig waren? Die Werbe- und Filmwelt wollte das Gegenteil vorgaukeln. Aber litten Frauen, die ausgefallene Dessous trugen, nicht häufiger an erotischen Kälteschüben? Förderte seelische Verklemmung nicht auch in diesem Fall den Hang zur Verkleidung? Tanja verkleidete sich mit harscher Diktion, forschen Gebärden und scharfen Unterhosen. Boten sich Menschen, die durch expressive Selbstdarstellung leugneten, ihrer ungewiss zu sein, als Opfer an? Die gängige Meinung glaubte genau das von einem anderen Typ, dem flirrenden, leicht lenkbaren, mit ungeschminkten Augen, die mit naivem Staunen in eine Welt blickten, auf die sie nicht vorbereitetet waren.

Er musste die Liebe endlich erreichen, wegen allem was passiert war zwischen ihnen und wegen einem bisschen darüber hinaus. Aber wäre er nicht permanent in Gefahr, sich zu verraten? Bei allem, was er sagen, wie er sie anschauen, wie er sie anfassen würde. Was sie als Polizistin von ihm denken musste, wenn sie erfuhr, dass er ein

Verbrechen vertuschte, war ja wohl klar: das zarte Pflänzchen ihrer Zuneigung würde knapp über der Wurzel abgetrennt werden. Wie von einem Küchenmesser.

Quicklebendig wäre er gerne gewesen, war es aber nicht. Er spuckte die letzte Nudel in den Teller zurück, ging zum Tresen, bezahlte beim Barkeeper, winkte der Bedienung zum Abschied zu und trat auf den Bürgersteig, der feucht war vom Nebel.

Draußen trat ihm ein Pärchen in den Weg. Er versuchte vergeblich, seitlich auszuweichen, geriet in Panik und preschte genau zwischen ihnen hindurch.

Der plötzliche Adrenalinstoß setzte eine Erinnerung frei: Hatte nicht auch Tanja als Kellnerin gejobt? Im Oblomov?

Mit Katinka war er fast jeden Abend im Oblomov gewesen, aber seit sie vor einem halben Jahr verschwunden war, waren seine Erinnerungen an ihre gemeinsame Zeit wie ausgelöscht.

Tanja hatte sich in nichts von den anderen Kellnerinnen unterschieden, die mit kleinen Tabletts zwischen den Tischen hindurchflutschten wie Fische. Man versuchte vergeblich, sie zu erwischen, wenn man eine Bestellung aufgeben wollte. Eines Abends stieß Katinka ihn an, zeigte auf eine der geklonten Kellnerinnen, und schrie um ihn über den Lärmpegel hinaus zu erreichen:

„Du, das ist Tanja.",

In ihrer Stimme schwang ein eigenartiger Stolz mit, als würde sie ihm gerade ihre druckfrische Diplomarbeit präsentieren.

Ehe er Tanja kennengelernt hatte, und das war lange, bevor Katinka sie ihm vorstellte, hatte er sich nie bewusst gemacht, dass Kellnerinnen tatsächlich Namen trugen, mit denen man sie unterscheiden konnte. Lange weiße

Tücher verhüllten die Beine, so dass ihre Unterkörper optisch zu Fischschwänzen verschmolzen. Über der Jeans, die tief unter den Hüften hing, lag eine Handbreit bloßer Haut. Die war so braungebrannt, dass Willem stets Lust verspürte, sie abzuschälen. Musste die eigentliche Frucht nicht unter der Schale verborgen sein? Es gab nur einen Ort, an dem er sie sich nackt vorstellen konnte: Unter den künstlichen Sonnen eines Solariums. Dort, signalisierte dieser im Rhythmus der Gesamterscheinung fast grafisch gestaltete Streifen gebräunten Fleischs, sind wir ganz und gar nackt, von den Grübchen in der Nackenkuhle bis zum endlich gespaltenen Fischschwanz.

„Du, das ist Tanja".

„ ... "

„Willem!?"

„Ja."

„Was ist?"

„Nichts. Nichts, Katinka."

Sollte er ins Oblomov rübergehen und nach Tanja fragen? Vielleicht hatte sie sich in eine der anderen aalglatten Meerfrauen wiederverkörpert und war gar nicht tot. Für einen flüchtigen Moment hofft er sogar, sie selber dort anzutreffen. Wenigstens im Oblomov musste man sie doch vermissen. Ein eiskalter Nieselregen setzte ein, er konnte sich gerade noch erfolgreich gegen das unwiderstehliche Verlangen zur Wehr setzen, sich nach Hause zu flüchten, und auf dem Boden sitzend den Rücken gegen die Heizung zu pressen (endlich die Liebe anrufen!, warum, verdammt nochmal, meldete sie sich eigentlich nicht).

In zwanzig großen Schritten hatte er das Oblomov

erreicht und stand vor der pinkfarbenen Doppeltür. Die ihn unmittelbar verschlang.

Was Tanja und Katinka miteinander verband, hatte er nie verstehen können. Das war einer der Gründe, warum Katinka sich so kurzfristig entschieden hatte, als *au-pair* nach Australien zu gehen: Ihr Verhältnis mit Tanja und dass er alles daran setzte, die Mechanismen dieses Verhältnisses verstehen zu wollen, was seiner Zerstörung gleichkam. Würde Tanja noch leben, wenn er sich nicht eingemischt hätte?

Tanja wollte immer mit dem Kopf durch die Wand. Merkwürdigerweise war sie es, die Katinka vorgewarnt hatte:

„Den Willem schubs ich nicht von der Bettkante. Aber mach dir keinen Kopf, ist nur für eine Nacht." Und diesmal meinte sie *nicht* Willem-Alexander, den Prinzen der Niederlande

Kaum hatte Tanja den Satz zu Ende gesprochen, war Katinka über sie hergefallen und hatte sie mit Kissen und Decken traktiert. Dennoch wollte Katinka am Abend von Willem wissen, ob er sich jemals gefragt hätte, wie es wohl sein könnte mit Tanja, im Bett. Hatte er nicht. Aber er tat so, als verzehre er sich vor Verlangen nach Tanja, und sie fielen übereinander her und traktierten sich mit Kissen und Decken.

Katinka, die mittags auf Tanjas Schenkel geritten war, bekam ihren zweiten Orgasmus.

Willem war Katinka geradezu dankbar, dass seine erotischen Phantasien in Tanja ein neues Gesicht gefunden hatten. Kaum ein Fotomodell, kaum einen Filmstar, mit dem er nicht schon bei Tag eine Nacht verbracht hatte, auch Madonna und Blümchen hatten dran glauben müssen. Katinka, mit der Sex vor lauter Innigkeit fast ein Akt der Trauer war, konnte er für seine Phantasien nicht brauchen.

Nein, damit seine Einbildungskraft funktionierte, mussten die Frauen für ihn unerreichbar sein. Wenn er kurz vor dem Höhepunkt war in seiner *peep-up-show*, brachte er sie jedesmal um, seine Kopfgeburten, nackt wie sie waren, mit ihren schweren oder leichten Brüsten, mit ihren schmalen oder ausladenden Hüften: Er drückte einfach ihren Hals zu. Regelmäßig vergaß er dabei, selber zu atmen - bis er rot anlief. Und schnappte. Nach Luft.

Jutta ging es von der Hand wie im Traum. Nur im Traum. Sie war beim Sex eine Hochseilartistin ohne Netz, und wusste es nicht. Mielitz scherzte, dass sie sich eines Tages in die Arme des falschen Mannes stürzen würde.

"Wie ein Schlafwandler vom Dach", sagte er.

Das Räderwerk der Zeit hatte sie tagsüber so fest im Griff, dass sich mit jeder Umdrehung, mit jeder Sekunde, die der Tod mit der Fliegenklatsche erwischte, die Sehnen ihrer Muskeln verkürzten. Ganz das Gegenteil zum mittelalterlichen Streckbett. Abends fiel sie auf die Matratze und ihre Gelenke waren so krumm wie die eines Gichtpatienten. Es gelang ihr nicht, sich aus den Zwingen des Tages zu befreien. Aber im Schlaf ... -

Es war nicht das Einzige, auf das Mielitz sich einließ, er war beugsam, verstand es aber, selbst in eine Zwangsjacke, die man ihm anbot, hineinzuschlüpfen wie der Welt bester Schauspieler. Allerdings fehlte ihm die Distanz, und er verwechselte die Eigenart des Spiels mit seiner eigentlichen Art.

Er ließ sie abends allein zu Bett gehen, und hatte, im Nebenzimmer damit beschäftigt, die Tageszeitung zu lesen, ein untrügliches Gespür dafür entwickelt, wann sie einschlief, - es war, als würde die Zeit still stehen und sich unendlicher Raum im Schlafzimmer breit machen wie ein Gas. Er schlüpfte zu ihr ins Bett, winselte wie ein Hund, brummte wie ein Bär, fiepte wie ein Mäuschen bis ein leises Lächeln ihre Lippen kräuselte. Dann presste er seinen Schoß an ihren Po, hebelte seine Füße unter die ihren - ein Glück, dass sie im Traum nicht kitzlig war - und küsste sie auf den Hals, von der Schulter bis hinters Ohr. Währenddessen ruhten seine Hände minutenlang bewegungslos auf ihrer Haut, die so warm war wie ein Backstein, der lange in der Sonne gelegen hatte. Nicht einmal, wenn sie sich auf ihn wälzte, seinen Schwanz in sich aufnahm und sanft zu schaukeln begann, wachte sie auf.

Später schnorchelte sie leise durch die Nase und lag sanft und widerstandslos auf ihm wie ein Gummitier.

Manchmal schlief Mielitz ein, meistens wälzte er sie von sich herunter, rauchte eine Zigarette am offenen Fenster und spuckte in hohem Bogen auf den Bürgersteig.

Morgens wurden ihre Gelenke so übermütig wie die eines Schlangenmenschen. Er wusste nie genau, was sich da gerade an seinem Kopf vorbeischob, - war es ein Bein oder war es ein Arm, oder saß sie mit ihrem Po auf seinem Gesicht? - und Mielitz, schlaftrunken, hatte das Gefühl überall gleichzeitig von ihren Lippen berührt zu werden.

Wenn Willem morgens aus dem Bett hinkte - ja, er hinkte,

weil ein Bein länger im Bett zu bleiben versuchte, als das andere, und diese Art von Selbständigkeit konnte er seinen Beinen keinesfalls erlauben - starrte er zuerst ungläubig aus dem Fenster: Was war das? Aha, ein Baum. Große Erleichterung, dass ihm der Name eingefallen war. Gleich aber der nächste Schreck: Wieso sprang der Baum so merkwürdig hin und her, wenn auch nur für Millimeter, wie bei einem Filmriss, den man notdürftig geflickt hatte, indem man einige Zwischenbilder opferte. Aber wie das erste Bein dem zweiten hinterherhinkte, hinkte dem zweiten Bein die Fähigkeit hinterher, die Dinge beim Namen zu nennen, und kaum hatte er diese selbstverständliche Fähigkeit wiedergewonnen, vermisste er die Scharfeinstellung seiner Augen. Wo endete diese Kette des morgendlichen check-ups, diese Inventur des Unvermögens? Wie vielen Fähigkeiten und Sinnessensationen hinkte er hinterher, *ohne* sie zu vermissen, war da nicht noch jede Menge leerer Platz auf seiner 'Festplatte'? Sein Hang zur Harmonie brachte jedes Mal alles wieder ins Lot.

Der Moment, als sich im überfüllten Oblomov die Tür hinter ihm schloss, ähnelte jenem morgendlichen Blick aus dem Fenster: Was war das, auf das er den Fokus seiner Augen nicht scharf stellen konnte: vier Körper, die Räder schlugen? Ein einzelner Tänzer, der mit Fackeln in der Hand presstissimo auf den Spitzen wirbelte? Er kniff die Augen zusammen und sah jetzt Dutzende von Körpern, die durch den Raum wogten, am Tresen anbrandeten, und von Alkohol, Nikotin und Sehnsucht weichgespült wurden.
Eine der Kellnerinnen im nabelfreien Outfit flog von

links in sein Blickfeld und kämpfte sich zum Tresen. Der Strom öffnete sich für sie, wie einst der Nil für den Durchzug der Israeliten. Er sah die Gasse entlang ihrem Körper hinterher. Ihr Hüftspeck, der ringförmig über den Bund der Jeans quoll, machte den Eindruck, als sei er mit Luft gefüllt, und wenn man nur den Mut aufbrächte, an ihm herumzudrücken, könne diese Blähung an jede andere Stelle des Körpers flutschen. Wie bei einem Modellierballon, in dem sich die Luft beliebig hin und her quetschen ließ. Gab es ein Ventil, durch das man die Kellnerinnenkörper jeden Morgen aufpumpen musste? Vielleicht der frei liegende Nabel. Nachts, wenn der letzte Rest Luft entwichen war, konnte man sie wahrscheinlich um sich schlingen wie ein Handtuch.

Er hätte es besser wissen müssen, schließlich hatte er einmal versucht, bei Tanja zu übernachten.

Kurz entschlossen nutzte er die Viertelsekunde, die die Passage hinter der Kellnerin frei blieb, und konnte gerade noch dem Impuls widerstehen, sich mit dem Zeigefinger in eine ihrer Gürtelschlaufen einzuhängen, - aber wie sonst sollte er ihre Aufmerksamkeit auf sich lenken.

Alle vermissten Tanja. Natürlich, es konnte gar nicht anders sein.

„Bedient wird am Tisch oder am Tresen."

„Ist Tanja nicht da?"

„Du lieber Himmel, nein. Wenn sie da wäre, könnt ich heute Abend die Beine hochlegen. Die ist, pffffft, verschwunden." Sie verdrehte die Augen gen Himmel und warf sich die Zumutung mit der Hand über die Schulter.

Weg war sie.

34

Willem kippte ein Bier ohne Schaumkrone, das am Tresen schon lange niemand mehr haben wollte.

Weg war er.

Er hielt eine Weile vor Tanjas Haus Wache, gerade so weit weg, dass ihn der Bewegungsmelder nicht erfassen konnte. War es eine Totenwache, eine Gedenkminute? Die Nummer des Kommissariats wählte er vergeblich, Jutta Liebe war nicht im Dienst.

Nachdem sie auf Juttas und Willems Glück hinuntergefeixt hatten, waren Obal und Zwar vom Fenster auf der Stirnseite des Korridors verschwunden. Jutta brüllte, dass sie nicht gestört werden wollte. Dann schlug sie die Bürotür lautstark hinter sich zu, - es sollte nur ja niemand auf falsche Gedanken kommen.

Das Schicksal nestelte an ihrem Nervenkostüm. Ein Wundschmerz quälte sie, als habe der Zirkel - aus einer unendlichen Ferne abgeschossen wie ein Pfeil - endlich den Mittelpunkt in ihrem Leben getroffen, um den er den Kreis ziehen konnte. Den Kreis von ihrer Geburt bis zum Tod.

Kaum saß sie jedoch hinter dem Schreibtisch, hielt sie das Alleinsein nicht aus. Sie rief Schnabel über die Sprechanlage zu sich.

„Bringen sie den Federhalter ins Schreibwarengeschäft gegenüber, muss gereinigt werden. Danke."

„......"

„Schnabel!"

„Bin schon weg."

Sie trat ans Fenster. Vielleicht würde, ... ja, nicht einmal seinen Namen kannte sie, vielleicht würde, ... Male, ja Male klang gut, besonders weil sie ihn vor einem Schreibwarengeschäft wiedergefunden hatte - sie kicherte bei dem Gedanken an Malblöcke und Buntstiftmäppchen - vielleicht würde er noch einmal vor dem Schaufenster auftauchen, noch einmal um ihre Aufmerksamkeit buhlen.

War es wirklich erst gestern gewesen, dass sie Mielitz ... ?

Sie gähnte, dann zuckte ihr Unterkiefer und sie musste weinen. Als sie sah, wie Schnabel sich die drei Stufen zur Ladentür hochwälzte, drehte sie sich angeekelt um, ging hinüber zum Schreibtisch und setzte sich vor das geschlossene Kuvert mit den Fotos von Mielitz Leiche.

Gab es eine Möglichkeit, die Telefonnummer von Male herauszukriegen? Mrocinski hatte ihn im Flur herumlungern sehen, vielleicht wusste er mehr über ihn? Aber sie befürchtete, dass sie einen weiteren Nachschlag seiner Sticheleien nicht würde ertragen können. Und was sollte Mrocinski davon halten, dass sie ihn als Zeugen ausgegeben, aber seine Personalien nicht aufgenommen hatte?

Sie steckte ihre Finger in die Jeanstasche. Es raschelte, auf diese unnachahmlich unsinnliche Art, wie es nur Plastikbeutel tun. Die Handschuhe! Die Handschuhe, die sie trug, als sie das Messer .... - Wo war das Messer? Eins war gewiss, dass sie es da gelassen hatte, wo es steckte: In seinem Bauch. Sie erinnerte sich, wie es sich angefühlt hatte, als sein letzter Atemzug die Bauchdecke anhob, - kurz bevor das Flackern in seinen Augen erlosch. Das Messer hatte sie der Spurensicherung überlassen wollen, aber jetzt hatte jemand anderes es unterschlagen. Wer? War sie beobachtet worden? Würde der Zeuge sich melden? Um was zu tun? Sie zu erpressen? Was war bei ihr schon zu holen? Eine Hypothek auf die Konditorei? Sie betrachtete unwillig ihre kleinen runden Hände. Freilich, um Marzipankartoffeln zu kneten, wären sie gut genug gewesen. Sie hatte sich immer lange, schlanke Hände gewünscht, grätige fast, aus denen die filigranen Knochenbausteine der Mittelhand ein wenig zu deutlich hervortraten, Hände, die den Männern Respekt einflößten und zugleich ihre Begierde weckten. Letztlich galt das nicht nur für die Hände. So musste man sein als Frau, Respekt einflößend bis knapp an die Grenze, wo sich die männliche Begierde in Abscheu verwandelte. Dann waren die Macht der Frau und die Neugier der Männer am größten. Aber bei ihr persönlich war das alles ganz anders: Sie forderte entweder Respekt ein jenseits der Grenze, wo die Männer das Gefühl hatten, ihrer habhaft werden zu können, oder sie war nachgiebig, weil sie Schutz und so was wie Heimat suchte. Das schreckte die Männer ab, oder gab ihnen das Gefühl, sie benutzen zu können. Ja, mit langen schlanken Händen hätte sie sich vielleicht mögen können. Und dann wär alles ganz anders gekommen.

„Ich stand gestern mit einem jungen Mann hier und wollte meinen Füller ..."
„Der ist erst nächste Woche fertig."
„Nein, ich meine, ob sie den Mann zufällig kennen?"
„Sicher kenn ich den Kommissar Schnabel, der holt doch jeden Morgen seine Zeitung."
„Ja, ich weiß, Schnabel hat ihn für mich abgegeben, weil sie mit ihrer Mutter telefonierten, als ..."
„Tschuldigung. Meine Mutter ist seit letzten Sonntag im Altersheim."
„Tut mir leid."
„Der Vater des Herrn auch."
„Schnabels Vater?"

„Nein, der Herr, der neben ihnen wartete, als ich telefonierte. Was ist mit dem? Ist der auf und davon?"

„Kauft er regelmäßig bei ihnen ein?"

„Hat der was ausgefressen, sieht gar nicht danach aus."

„Nein, ich ... wir suchen ihn wegen einer Bewerbung."

„*Der* will zur Polizei?"

„Ja. ... Nein! Herrgott, wissen sie jetzt, wo er wohnt oder nicht!"

„Nein."

„Nein?!"

„Aber er kommt immer wieder mal her. Soll ich ihn fragen?"

„Geben sie ihm meine Karte. Hier. ... Und mir geben sie Schnabels Zeitung, oder war er schon hier?"

„Nein. Aber ...."

„Na, also, her damit, worauf warten sie."

„60 Cent."

„Zahlt er morgen."

„Wie sie wollen."

„Ja, will ich, will ich."

Sie sprang in zwei Sätzen die Treppe hinunter und warf die Zeitung in den Müllkübel, der unter dem Einbahnstraßenschild hing. Es bereitete ihr eine ungeheure Genugtuung. 'So', dachte sie, 'Das nächste Mal, wenn ich dich beim Lesen erwische, Schnabel, schütte ich meinen Kaffee auf deine Zeitung. Dann färben sich die roten Balken braun.'

Wissen wir schon etwas über Juttas Haarlänge? Sie hatte keine. Zumindest gab es keine Zwei, die darüber einer Meinung gewesen wären. Mäppel hätte schwören können, dass sie ihr Haar kurz trage. Obal und Zwar behaupteten, ihre Fransen wären längst ausgewachsen, und sie verstecke die Spitzen hinten im Kragen.

„Jutta Liebe könnte mehr auf ihr Äußeres achten.", war eine der vielen Wiederholungen, auf die sich die Gesprächsbeiträge von Mrocinskis Sekretärin beschränkten. Frau Simonscheidt gebar diesen Satz jedes Mal mit einer solch inbrünstigen Naivität, dass Mrocinski schon oft der Verdacht gekommen war, sie vergesse ihre Wortkinder, kaum dass sie sie in die Welt gesetzt hatte.

„Ein Fall für den Satzkinderschutzbund.", sagte Mäppel. Zwar kicherte, während Obal für sie in die Bresche sprang:

„Vielleicht hat sie Alzheimer - na, ja, immerhin ist sie 62."

Willem lauschte. Klang das nicht, als schlage jemand Nägel mit einem Hämmerchen ein? Draußen in den harten Asphalt?

Jutta Liebe fühlte sich auf den Pfennigabsätzen so spektakulär wie der Schneider auf der Kirchturmspitze, und genauso unwohl. Nein, geschminkt war sie nicht. Sie hatte die Schuhe aus der hintersten Ecke des Kleiderschranks hervorgekramt. Musste der Name für diese Spitzhacken der Schusterzunft nach Einführung der Euro-Währung nicht in 'Centabsätze' umgemünzt werden? Während sie darüber nachdachte, hatte sie mutwillig mit den Absätzen vor sich hingefochten wie mit kleinen Degen. Nein, die Bezeichnung 'Pfennigabsätze' würde wohl die Zeit überdauern. Der Spruch: 'Wer den Pfennig nicht ehrt, ist des Talers nicht wert' hatte ja sogar die Einmischung der starken D-Mark verhindern können. Der Euro war eine unsinnige Währung, die keinen Spaß hatte an lustvoller Vermehrung: von Monat zu Monat hatte Jutta immer weniger davon in den Taschen.

War es nicht eigenartig, dass sie bei keinem der drei Telefongespräche nach seinem Vornamen gefragt hatte. Die Erinnerung an ihn hatte sie Male getauft, und dabei sollte es bleiben. Ehrlich gesagt, hatte sie Angst davor, seinen wirklichen Namen zu erfahren. Was, wenn der ihr nun ganz und gar nicht gefiel? Für sie stand zweifelsfrei fest, dass sie das Messer bei Male finden würde. Das minderte nicht ihre Bereitschaft, mit ihm ins Bett zu gehen, wenn es dazu kommen sollte. Schließlich war nicht *er* es gewesen, der Mielitz das Messer in den Bauch gestoßen hatte.

Als Willem die Tür öffnete, verwandelten sich Juttas Kniegelenke in zwei Portionen Huhn in Aspik.

Du willst, als die Türglocke geht, auf dem Absatz umkehren und wegrennen, bis um die nächste Straßenecke. Ob Dir das aber auf den Pfennigabsätzen gelingen würde? Irgendwie schaffst Du es stehenzubleiben.

Sie folgte Willem in die Diele.

Du willst ihr einen Schleier über den Kopf werfen, damit Du ihr Gesicht nicht sehen musst. Weil es so nackt ist. Und schutzlos. Du kommst Dir vor wie ein Voyeur, wenn Du es so unablässig anschaust.

„Gut, dass du ...."

„Gut, dass du ...."

Sie fingen gleichzeitig zu sprechen an, hörten gleichzeitig wieder auf und fassten sich bei den Händen. Eine Choreografie für die sie unter anderen Umständen lange hätten üben müssen. Zwei Stimmen, die sich derselben Melodie überließen. Sie waren nicht einer das Echo des anderen. Sie lachten nicht. Hätte sie jemand gefragt, hätten sie zugeben müssen, dass sie vergessen hatten, was sie sagen wollten.

Sie nahm seine linke Hand, küsste sie, dann legte sie sie auf ihre Stirn.

'Male', dachte sie und sagte:

„Es stinkt."

„Ich weiß, das war der erste Versuch."

„Ich habe eine sehr empfindliche Nase."

„Das erste Steak ist verbrannt, während ich unter der Dusche stand."

Sie trat näher an ihn heran und schnupperte, ihre Nase reichte gerade bis an sein Kinn.

„Du riechst gut."

„Das zweite Steak auch. Vergiss das erste."

„Essen wir zuerst?"

„Das erste liegt im Müll."

„Sei nicht albern."

„Sollen wir das zweite auch verbrennen lassen?"

„Nimm die Pfanne vom Feuer."

„Wirklich?"

„Möchtest du, dass ich anbrenne?"

„Nein."

„Komm."

„Ich lass nichts anbrennen."

„Das riecht man.", sie kicherte.

Endlich war sie am Ziel. Weit hatte sie dazu ausholen müssen. Nicht, seit Willem unter dem Kaffeeautomaten neben ihr im Staub gelegen hatte, nicht, wie sie zuerst vermutet hatte, seit sie ihn zurückhielt und bat, statt eines Kaffeebechers zwei mitzubringen, sondern seit sie erfahren hatte, dass das Messer aus Mielitz Bauch verschwunden war: Jetzt, davon war sie überzeugt, würde sie das Messer bald wieder in den Händen halten. Vielleicht war es dasselbe, mit dem er den Fettrand von den Steaks heruntergeschnitten hatte. Vielleicht hatte er es, um ein Stück von der Paprika zu kosten, rasch zwischen die Zähne geschoben. Kalt war es da aufgeblitzt zwischen seinen roten Lippen. Ihr Bauch fühlte sich so hohl an, dass ihre Augen ganz glasig wurden, als er sie küsste. Er öffnete den Verschluss ihres Büstenhalters, dann erst streifte er den Pullover über ihren Kopf. Und während sie vom Hals empor wie in einem Sack steckte, dessen oberes Ende er mit seiner rechten Hand zusammenraffte und am ausgestreckten Arm weit von sich weg hielt, beobachte er - seine Lippen ähnelten jetzt einem mit Kreide auf eine Schiefertafel gezogenen Strich -, dass ihre Brustwarzen sich wie Gletscherspitzen in die Kälte hinausreckten und die Warzenhöfe sich kräuselten wie gerupfte Vogelhaut. Der schwarze BH ringelte sich um den stählernen Dorn ihres linken Schuhs. Den hatte sie schon verloren, als er ihr den Mantel wie eine erste Haut von den Schultern zog. Dielentango. Dicht neben ihnen, an den Rahmen der Küchentür gelehnt, der nachlässig verknotete Müllsack. Durch einen schmierigen Schleier konnte man zuoberst das verkohlte Fleisch liegen sehen. Gut so, sie ist nicht rasiert, dachte er, als ihre blassen Arme aus den Pulloverschläuchen schlüpften wie aus zu eng gewordenen Schlangenhäuten. Sie wollte nackt sein für ihn, sie wollte sich verwandeln. Immer noch hielt er mit der rechten Faust den Pullover hoch über ihren Kopf, immer noch lag der Kragen wie ein breites Band um ihren Hals. Vom Tal zwischen ihren Brüsten über das ganze Dekolleté hinweg stand ihre Haut in Flammen. Unregelmäßig deckende rote Male wie Kontinente auf dem Globus einer unbekannten Welt. Ihre Meere waren kalkweiß. All das beobachtete er mit einem vor Begehrlichkeit rauen Blick. Er zog sie ins Schlafzimmer, schleppte ihren Kopf im Sack mit sich fort wie eine körperlose Beute. Nichts hinderte ihn daran, die Sklavin, über die er verfügen wollte, mit Blicken abzutasten, nicht der Zwang zur Hingabe seinerseits, nicht der Zwang, sich gegenseitig, als Vorspiel zum Vorspiel, ihrer Seelenverwandschaft zu vergewissern. Sie humpelte wie ein Faun, weil sie vergessen hatte, auch den zweiten Schuh von der Ferse zu schleudern. Es erregte ihn, ihren weißen Hals kopflos zu sehen.

Die Liebe dachte an das Messer, das in einer seiner Schubladen lag. Aber die Grenze ihres Vertrauens in Male war noch nicht erreicht. Sie fürchtete nicht eimal, dass sie in Gefahr kommen könnte, diese Grenze überschreiten zu müssen. Das Blut pochte unter ihren Schläfen, die Haut darüber war dünn wie Schmetterlingsflügel.

Er legte sie aufs Bett, streifte ihren Rock ab, ihren Slip. Sie sah, wie sich ein Schatten über sie legte. Er leckte sie ab wie eine raue Frucht. Natürlich gab sie sich hin, aber ihre Phantasien gingen niemand etwas an außer ihr selber.

Als Mielitz seine Neugier nicht bezähmen wollte, danach zu fragen, was sie fühlte, was sie dachte, hatte sie ihn zurechtgewiesen:

„Weißt du was, du schwänzt im Bett deinen Beruf, du hättest Reporter werden sollen."

Eigentlich war es ihr recht, Male nicht in die Augen sehen zu müssen. Sie war sich jetzt ihrer selbst wieder viel bewusster, als in dem Moment, wo sie mit butterweichen Knien vor ihm an der Haustür gestanden hatte. Schließlich wollte sie nicht gleich mit jedermanns Blick verschmelzen, das hätte ihre Seele so in Aufruhr versetzt, dass sie schier verrückt geworden wäre davon. Und sie hätte sich nie jemand ins Bett nehmen können, um einen anderen zu vergessen, - ohne in Gefahr zu kommen, auch den nach einiger Zeit wieder mit dem nächsten vergessen zu müssen. Nein, sie wollte die Kontrolle behalten und genießen. Und im Genuss nicht spießig sein. Also ließ sie ihn gewähren. Wer kann es ihr verdenken.

„Wer, zum Teufel, hat mir diese E-mail ins Nest gelegt?!!"
Mrocinski bleckte die Zähne und wedelte mit einem Papierausdruck.
Obal und Zwar verstummten auf diese unnachahmlich beleidigte Art, die ihnen zu eigen war, wenn ihnen jemand beim Fluchen in die Speichen griff wie einem Turner ins Rhönrad. Durch Mrocinskis offene Bürotür hindurch hörte man die Simonscheidt mit einer Kaffeemühle kruschpeln, - der Getränkeautomat war seit Tagen defekt. Mäppel streckte seinem Schreibtisch die Zunge heraus, bevor er sich zu Mrocinski umdrehte und grinste. Er bekam als erster das Blatt zu fassen, las, tippte sich an die Stirn, murmelte:
„Ein Irrläufer."
und schob die Nachricht Zwar hinüber.
„Lies.", befahl Zwar und schnippte das Blatt Obal zu. Weil der im Begriff war, Luft für den nächsten Fluch zu holen, trat er ihm gegens Schienbein.
- *ich gruesse alle, die mich kennen, vor allem mein miezekätzchen -,* las Obal widerstrebend.

„Meine Fresse!", bruddelte Zwar.

„Ruhe! Hier wird nicht geflucht, verdammt nochmal. Wo ist Schnabel?"

„Miezekätzchen kraulen." Mäppel liebte solche Dialoge und man konnte sicher sein, er würde auch *den* vorwärtstreiben wie der Riemen den Kreisel. Mrocinski starrte ihn verständnislos an, sabberte und stand kurz vor dem nächsten Wutanfall.

„Einer muss ja an der Front tätig sein, damit wir Rhinozeros ausschalten."

„Einer!!", schrie Mrocinski und seine Stimme quietschte mit der Kaffeemühle um die Wette.

„Das andere Miezekätzchen ist im Außendienst nicht zu erreichen." Immer noch Mäppel, der mit seinem Kinn auf das nächstbeste Handy deutete.

„Nicht zu erreichen!?" Mrocinski schien sich im Diskant häuslich einrichten zu wollen.

„Ihr Handy ist ausgeschaltet."

„Scheiße! ... Privatermittler, Schnüffler für Scheidungs- mief hätte ich werden sollen."

„Nicht doch, Chef.", rief Obal anteilnehmend.

Alle zogen die Bremse. Sahen Obal an, als wäre ihr lang gehegter Wunsch, ein Opfer zu finden, endlich in Erfüllung gegangen. Ein Engel ging durchs Zimmer, Mrocinski trat ihm gerade noch auf die Schleppe, ehe er verschwand.

Obal sah nervös in die Runde.

„Mich hat ja keiner gefragt.", stotterte er.

„Eben." Mrocinski ließ den Engel fahren und es roch, als hätte er gefurzt, - Mrocinski, nicht der Engel. Jedenfalls irgendwie verbrannt. Oder war es der Engel, der zum Teufel ging.

Obal suchte verzweifelt nach einer Möglichkeit, zum Anfang der Dialogspirale zurückzukehren, die Hände um den Rand des Zeittunnels zu klammern, einen rettenden Klimmzug zu machen. Zum Glück fiel ihm ein, mit welcher Bemerkung Mäppel in die Spirale hineingeschlittert war. Wär doch gelacht, wenn sich die gleichen Worte nicht als Notausgang benutzen ließen. „Ein Irrläufer.", sagte er und grinste. Aber man merkte genau, dass das Grinsen nur ein Versuchsballon war, - seine Augen schielten dabei ängstlich in die Runde. Zwar schaute von Obal zu Mrocinski, von Mrocinski zu Obal. Mäppel rieb sich den Ellenbogen und schickte um Rettung flehende Blicke in die ganze Runde. Vergeblich. Sie waren nicht mehr zu halten, packten an eigene Bäuche, schlugen auf fremde Schultern und Gelächter schwappte aus ihnen heraus wie aus überkochenden Töpfen. Wer sich die Ohren zuhielt, hätte zu dem Schluss kommen können, dass sie sich unter Magenkoliken krümmten und vor Schmerzen schrien. Mrocinskis Sekretärin rutschte vor Schreck die Kaffeemühle aus der Hand. Niemand hatte Muße, zu beobachten, wie eine winzige Kaffeebohne noch einen winzigen Augenblick in der Luft zu verharren schien, bevor sie sich der Schwerkraft überließ und der Mühle auf den Teppich folgte.

Sie lachten und lachten, rutschten von der einen auf die andere Pobacke, schlugen mit den Hacken auf den Fußboden und hielten sich an den Schreibtischkanten fest. Es war ihnen gelungen, die Pforte zur Vergangenheit zuzuschlagen, und niemals mehr konnte sie ihnen einen falschen Weg weisen. Die nicht mehr. Glück gehabt.

Male bedeckte ihren Hals mit Küssen. Jetzt war es an der Zeit, den Pulloverkragen über ihren Kopf zu schieben. Sie hielt ihre Augen weiterhin geschlossen, aber sie half ihm ihre Lippen zu finden, als wär er es, der sie im Dunkeln suchte.

Er strich mit der Hand ihren Rücken hinunter, zwischen die flachen Grübchen, da wo das Becken begann, über die feste Rundung ihres Hinterns, glitt ihre langen Schenkelbacken hinab, durch die Kniekehlen, über die Waden bis zur spröden Haut auf ihren Fersen, - und wieder zurück. Mit jeder Runde schmiegte sich seine Hand enger in ihr Fleisch. Sie knurrte und gab sich dem Druck seiner Hände widerstandslos preis. Willem fügte sie zusammen, als wäre sie zuvor in hundert Einzelteile zerstückelt gewesen. Je länger die Strecke war, die er in einem einzigen langen Streichelzug, den Linien ihres Körpers folgend, zurücklegte, desto kleiner fühlte sie sich. Klein und rund und ganz. Er fügte sie mit seinen großen Streichelbögen zusammen wie eine unendliche Acht, nirgends hörte sie auf, nirgends fing sie an.

Es tat so wohl, nicht in viele kleine Streichelinseln zerstückelt zu werden.

„Holst du das Messer", sagte sie.

Er stand auf.

Tanjas Gesicht hatte aus den reizendsten Assessoirs bestanden, die man sich nur vorstellen konnte. Aber Willem hätte es nicht täglich sehen wollen. Sie hatte ausgesehen wie ein Phantombild, das von einem halben Dutzend Zeugen, von dem sich jeder einzelne an ein anderes Merkmal erinnerte, auf einem Computer zusammengeschustert worden war. Nichts passte zusammen. Obwohl alles im Einzelnen vollkommen war: Ein fast herzförmiger Mund, dunkle weit geschwungene Augenbrauen, hohe Wangenknochen, eine kleine wohlgeformte Nase, mandelförmige wasserblaue Augen. Tanjas Seele schlief wie ein Embryo in einer Fruchtblase. Die blieb in diesem kuschligen Stadium und entwickelte sich nicht weiter. Auch der Rest ihres Körpers blieb stumm und antwortete der Seele nicht. Die Seele saß unter dem linken Schulterblatt und deswegen schmerzte das rechte, - ja, der Schmerz strahlte weit über die ganze rechte Schulter hinaus bis in ihre Brust, in ihre Hüfte. Sie hatte schon viele Ärzte aufgesucht, vergeblich waren alle Massagen gewesen, Akupunkturen und sanfte Feldenkraisbehandlungen. Niemand ahnte die eigentliche Ursache: die Seele saß unter dem linken Schulterblatt fest und wollte sich nicht über einen embryonalen Zustand hinaus weiterentwickeln.

Hinter ihren Lippen, hoch am Gaumen, klebte eine trockene Zunge. Dick, fleischig, taub.

Er sprang sie an wie ein Tier, das sich gegen die Angst aufbäumt und sich gleichzeitig lustvoll eine Stück Fleisch einverleiben will. Der Aufprall war so heftig, dass sie untereinander zu Boden stürzten.

Gewaltig verklammert rumpelten sie quer über den Teppich. Ob von hemmungsloser Begierde getrieben oder von der Absicht, den anderen rücksichtslos auszulöschen, ließ sich, schnell wie es geschah, nicht beurteilen. Behutsam wollte er nicht sein, der Klang ihrer Körper.

Zwölf Sekunden, nachdem er die Wohnung betreten hatte, war sie erstickt.

Dann schrillte die Türglocke.

Schon als sie in der Tür stand, war ihr bewusst, dass sie das Gespräch würde eröffnen müssen, wenn sie den weiteren Verlauf in ihrem Sinne beeinflussen wollte. Der Satz stolperte erwartungsgemäß ein wenig zu hastig aus ihrem Mund:

„Sie kennen mich nicht, ich bin seine Schwester."

Sie war zuversichtlich, eine Wahl getroffen zu haben, die die Neugierde der Kommissarin wecken würde. Aber jetzt, als der Satz unvermittelt im Raum stand, war er dünner als sie erwartet hatte, dünn wie ein Grashalm. Aber noch klammerte sie sich daran. Ihre Stimme hatte so zart geklungen wie das Zirpen, das in den Ohren kratzt, wenn man einen Halm gegen die Zähne hält und hindurchbläst. Die Irritation, die der Satz auslösen sollte, kam zu ihr zurück wie ein Bumerang und streckte ihren ersten Übermut nieder. Dabei hatte sie sich einen deutlichen Spielvorteil durch diese Eröffnung erhofft.

Die Liebe stand am Fenster, ihr den Rücken zugekehrt. Sie rührte sich nicht vom Fleck.

'Ob sie mein Spiegelbild in der Fensterscheibe sehen kann?', dachte die Besucherin. Sie hustete nicht, wäre aber nervös genug gewesen, es zu tun.

Die Liebe ließ sich Zeit mit ihrer Antwort, so lange, dass die Frau bereits kurz davor stand, ihrem ersten einen zweiten Satz hinterher zu schieben, - wenn ihr bloß der passende eingefallen wäre. Ihr winziger Vorteil, den sie trotz allem für sich verbuchen zu können glaubte, stand in unmittelbarer Gefahr, sich in Nichts aufzulösen.

„Setzen sie sich." , sagte die Liebe. Dass sie den Stuhl vor ihrem Schreibtisch meinte, schien sie vorauszusetzen.

Die Frau kam der Aufforderung nicht nach und war entschlossen, auf den nächsten Satz der Kommissarin zu warten. Jetzt nach der Eröffnungsrunde hatte sie keine Eile mehr, sie hatte ihre Gegnerin kennengelernt und war auf der Hut.

Draußen perlte Regenwasser an der Scheibe herunter, es war noch nicht dunkel genug, um Licht zu machen, aber lange konnte es nicht mehr dauern. Nur noch ein paar Minuten Geduld, dann war es soweit.

Die Liebe drehte sich um und streifte sie kurz mit ihrem Blick.

„Nein, ich kenne sie nicht.", sagte sie, setzte sich hinter ihren Schreibtisch und sah die Frau erwartungsvoll an. Die nahm in aller Ruhe auf dem Holzstuhl Platz und versuchte, den Blick gleichmütig zu erwidern.

Sie öffnete die obersten Knöpfe ihres Mantels.

An einer dünnen Kette klebte ein dunkler Stein, der unter ihrem langen Hals und dem ovalen blassen Gesicht aussah wie ein großes Muttermal. Im Leichenschauhaus hatte es die Pforte eines wohlgezielten Steckschusses sein können, dachte die Liebe.

Sie beobachtete, wie die Besucherin die Gegenstände auf dem Schreibtisch mit ihren Blicken abtastete. Sie wusste, dass es einen Moment geben würde, wo die Aufmerksamkeit der Frau ihr gegenüber ein wenig nachließ, und das würde der richtige Zeitpunkt für die nächste Frage sein. Aber noch war es nicht soweit. Das Risiko, der anderen den nächsten Satz zu überlassen, ging die Liebe gern ein, - der nächste Zug würde auf jeden Fall nur mit einer geringen Punktzahl zu Buche schlagen.

Draußen auf dem Flur knallte eine Tür. Beide Frauen blieben regungsslos sitzen. Die Zeit stand still. Das Bild glich einem Foto, - und das Fotopapier saugte sich langsam, von der Fensterseite her mit dunkler Tinte voll. Die Dämmerung ließ die beiden Frauen älter erscheinen als sie waren, auf eine archaische, mythische Art, als wären sie mit wenigen groben Schlägen aus grauem Stein gemeisselt worden. Wenn man genau hinschaute, und das fiel umso schwerer je mehr die Nacht die Herrschaft übernehmen wollte, erkannte man in dem Amulett, das der Besucherin um den Hals hing, nichts als einen kleinen flachen Flusskiesel, dessen Farbe von hellem Anthrazit bis ins tiefste Blauschwarz changierte. Mal hatte die Liebe den Eindruck, dass seine Maserung von oben her heller begann und sich gegen das Herz hin verdunkelte, mal genau umgekehrt. Aber vielleicht lag das an dem Zwielicht, - und dass der nächste Spielzug jetzt schon allzu lange auf sich warten ließ.

"Darf ich wissen, wie sie heißen?", fragte die Liebe.

"Ich bin seine Schwester.", und damit knüpfte die Frau ungerührt an ihren ersten Satz an. "Die Schwester von Male."

Die Liebe straffte fast unmerklich ihren Rücken, es hätte der Besucherin entgehen sollen, tat es aber nicht. Sie war genau wie ihre Gegnerin geradezu versessen darauf, Unregelmäßigkeiten zu registrieren. Die Liebe hatte sich wieder gefangen, aber sie wappnete sich innerlich mit der ganzen Ausrüstung, die ihr zur Verfügung stand.

"Wer ist ... Male?", fragte sie.

Die Besucherin lächelte, wissend, fast spöttisch. Die Tatsache, dass sie die Punktzahl des letzten Spielzugs auf ihr Konto verbuchen konnte, gab ihr große Sicherheit.

Jetzt gelang es der Liebe nicht mehr, ihre Nervosität zu

verbergen. Trotzdem hatte sie ihre Gegnerin genau im Visier und plante, deren nächsten Coup gekonnt zu parieren. Ja, wenn das denn so einfach gewesen wäre. Die Besucherin öffnete ihre Handtasche, die, seit sie sich hingesetzt hatte, auf ihrem Schoß lag, und kippte den gesamten Inhalt vor den Augen der Kommissarin über den Schreibtisch.

Für den Fall, dass ihr Gegenüber plötzlich eine Waffe aus der Tasche reißen und sie damit bedrohen sollte, hatte die Liebe in Sekundenbruchteilen all ihre Sinne geschärft und die Muskeln mit Adrenalin versorgt. Sie war bereit, in einer einzigen Kür zu Boden zu stürzen und dabei die Pistole zu ziehen. Jetzt, als sie die drei Dutzend Kieselsteine über den Schreibtisch rutschen sah, war sie erleichtert und verdutzt zugleich. Dennoch hatte sie das Gefühl, die Gefährlichkeit dieser Frau unterschätzt zu haben.

Eines musste man der Liebe bescheinigen: Dass sie wendig genug war, auch unvorhergesehene Situationen zu parieren und sich blitzschnell auf den nächsten Waffengang einzustellen. Als die Besucherin ihre Tasche wieder schloss und zurück auf ihre Oberschenkel setzte, betrachtete die Liebe scheinbar gleichgültig die Kieselansammlung auf ihrem Tisch, die sich, noch immer auf der Wanderung, wie eine Lavazunge, zwischen Telefon und Stiftschale bis auf den Umschlag mit Mielitz Leichenfotos ergoss, der nach wie vor verschlossen war, und sagte:

"Sie sammeln ... Steine?"

"Bachkiesel. Die da gehören alle Male."

"Darf ich?", fragte die Liebe, die spürte, dass heute eine besonders große Wendigkeit von ihr verlangt wurde, - sie musste, seit die Fremde das erste Mal den Namen Male erwähnt hatte, in gefährlich engen Kurven unter den eigenen Gefühlen wegtauchen und das tat weh. Sie zog willkürlich einen der Steine heraus, und hielt ihn zwischen Daumen und Zeigefinger. Trotzdem ist keine Wahl zufällig und dieser Stein unterschied sich von den anderen dadurch, dass er sogar in der Dämmerung noch so etwas wie Lichtsignale auszusenden vermochte. Er war schwarz, aber mit unzähligen weißen, weniger als stecknadelkopfgroßen Flecken übersät. Sie schimmerten wie das Sternenpuder der Milchstraße.

Jetzt war es fast Nacht.

Vielleicht, dachte die Liebe, meint sie einen ganz anderen Male, - denn strenggenommen gab es ja ihren Male gar nicht. Niemand außer ihr wusste, dass sie den Mann, in den sie sich verliebt hatte, um mit einem Namen an ihn denken zu können, Male getauft hatte. Nicht einmal er selber.

"Schön.", sagte sie fast unwillkürlich.

"Ja, nicht wahr. Alles Erinnerungen."

"Sie haben die Steine bei Ausflügen ... Urlaubsfahrten gesammelt?"

"Nein, diese Kiesel stammen alle aus dem gleichen Gewässer. Und ich bin nicht die, die sie gesammelt hat. Male hat sie gesammelt."

"Hat er sie ihnen geschenkt? Was haben sie gesagt, sie sind seine ... ? "

"Schwester. Nein, er hat sie mir nicht geschenkt, sie gehören mir."

"Schön, dass ihr Bruder so an ihrem Hobby Anteil nimmt. Wie hieß er gleich noch?"

"Male. Gesammelt hat er für sich selber. Aber sie gehören

mir und ich werfe sie wieder zurück, Stück für Stück. Wenn ich damit fertig bin stirbt er, stirbt Male."

Ein leises Grauen schlich sich in den trügerischen Frieden des Wortwechsels. Der Kommissarin sträubten sich kleine blonde Härchen auf dem Rücken, stießen empört gegen eine dichte Hülle von Baumwollfasern und legten sich stur über Kreuz.

"Warum kommen sie zu mir?", fragte Jutta und für den sensiblen Beobachter wirkte sie dabei fast etwas scheu.

Der Besucherin entging nichts und sie schrieb die Punktezahl ihrem Konto gut. Sie schien umso wacher, je finsterer es wurde.

Die Liebe sah nur noch ihre Umrisse, aber selbst die verloren an Schärfe, als wische jemand mit einem Schwamm die Schwärze aus ihr heraus und verteile sie in die unmittelbare Umgebung.

'Ob aus mir auch schon alle Farbe herausgetropft ist und ich dasitze wie eine leere graue Hülle?', dachte Jutta, und sie hatte Angst davor, dass sich der Schatten der Fremden mit dem ihren zu einem Gebräu farblosen Nebels vermischen würde.

"Ich möchte sie warnen." Der Besucherin gelang es, ein Lächeln in ihre Stimme zu legen, das fast frei war von jeder Ironie.

"Drohen sie mir?", fragte die Liebe. Sie klammerte sich an die Hoffnung, dass die Besucherin einen Erpressungsversuch einleiten wollte und damit ein Terrain betrat, das der Kommissarin nur allzu bekannt war. Ein Heimspiel würde stattfinden, die Regeln dieses Spiels beherrschte sie aus dem Effeff. Sie schmunzelte in sich hinein, als sie sich an Mrocinskis programmatische Rede erinnerte: ' ... das ist nicht unser Job. Das überlassen wir den anderen, den Müttern, Geliebten, schwulen Freunden, Schwestern. Die Schwester saß vor ihr und war ohne weiteres zu ihr gekommen. In die Höhle der Löwin. Bestimmt war sie kurz davor, den Täter auszuliefern. Aber halt, das würde ja bedeuten, dass Male ... ? Ihr Male? Sie hatte panische Angst davor, der Identität eindeutig auf den Grund zu gehen. Hatte Male nicht bei ihrem ersten Gespräch hier in diesem Zimmer behauptet - freilich war es damals im Gegensatz zu jetzt hell, beinahe sonnendurchflutet gewesen -, er habe eine Leiche im Keller. Was sie damals als Versuch, durch eine abgeschmackte geläufige Wendung ihre Aufmerksamkeit zu erregen, abgetan hatte, bekam jetzt eine ganz andere Bedeutung. Ja, freilich wollte er ihre Beachtung, aber als Täter. Er wollte den Jäger durch Andeutungen darum bitten, ihn als Opfer zu erkennen, wie ein Wild zu erlegen und seiner gerechten Strafe zuzuführen. Schon um weitere ... Morde ... zu verhindern!

Als sie, wie nach einem Sekundenschlaf, wieder aus ihren Gedanken auftauchte und versuchte, ihr Gegenüber erneut ins Auge zu fassen, erstarrte sie. Da war nichts. Nichts! Sie beruhigte sich mit dem Gedanken, dass die Dunkelheit noch nicht auf ihrem Höhepunkt angelangt war. Bald würde sie den Tintenklecks, den ihre Besucherin auf der Folie des hellgestrichenen Zimmers bildete, wieder unterscheiden können. Aber als sie eine Weile dorthin gestarrt hatte, wo ihr Schatten gewesen war, kam es ihr plötzlich so vor, als hätten ihn die seltsam zerrissenen Konturen des Stuhls einfach verschluckt. Sie wollte aufschreien, aber nicht umsonst hatte sie in der Polizeischule gelernt, plötzlichen Überraschungen lautlos, nur in ihrem Innern Resonanz zu geben. Sie sprang auf, nahm aber die Kurve um ihren Schreibtisch so unglücklich, dass sie in der Dunkelheit über ein Bein des Besucherstuhls stolperte und einen Sturz nur verhindern konnte, indem sie sich auf die Sitzfläche plumpsen ließ. Da saß sie. Genau da, wo ihre Besucherin hätte sitzen müssen. Aber da war nichts, nichts außer ihr selber.

Zuerst glaubte sie, das Bild der Kieselzunge auf ihrem Schreibtisch noch deutlich unterscheiden zu können, aber dann musste sie akzeptieren, dass auch das Häufchen Steine verschwunden war. Wie hatte die Besucherin sie lautlos wieder einsammeln und den Raum verlassen können?

Sie malte sich lieber nicht aus, was sie Mrocinski würde erzählen müssen, wenn er zufällig davon erfuhr.

Waren dieser Male und ihr Male ein und dieselbe Person?

Wenn sie versuchte, klar zu denken, soweit ihr das jetzt möglich war, musste sie zugeben, dass sie ganz wenig Fakten erfahren hatte: Eine weibliche Person jenseits der Dreißig behauptete, sie sei die Schwester von einem Mann namens Male, mit dem sie irgendwie eine Steinsammlung angelegt habe. Aus ein und demselben Fluss. Und dass Male sterben müsste, wenn die Steine verschwänden.

Sie betätigte den Lichtschalter. Das Deckenlicht blendete auf. Die Tür zu ihrem Büro war sorgfältig verschlossen.

"Hauptkommissariat Hegelstraße, Liebe am Apparat."
"Liebe? Sind sie das?"
"Ja."
"Ich bin der, der den Ring ... "
"Ach sie. Schön."
"Schön? Wirklich?"

"Wirklich. - Ich bin die, die sie geküsst ... "
"Schön."
"Schön? Wirklich?"
"Wirklich. -"
Stille.
"Augenblick, ich hab ein Gespräch auf dem anderen Apparat. Bleiben sie bitte dran, ja! - (Liebe. - Das Obuktionsergebnis? - Gestattet keinen Aufschub. Bringen sie's sofort rüber, Schnabel. - *Schnabel!* -okay) - Da bin ich wieder."
"Weiblich?"
"Das sollten sie wissen."
"Ich, wieso ich? Haben sie Tanja ..."
"Jutta."
"Wieso?"
"Fragen sie meine Eltern."
"Ihre Eltern?"
"Sie sind ja ganz schön verwirrt. - Verknallt?"
"Und ob."
"Jetzt krieg *ich* rote Ohren."
"Würd ich gerne sehen."
Stille.
"Meine Eltern haben mich einfach Jutta genannt. Holen sie mich ab?"
"Oh ja. Wann?"
"Ne halbe Stunde, denk ich, hab ich noch zu tun."
"Ich bin da, ... Jutta."
"Schön."
"Und die Leiche?"
"Hat doch jeder eine im Keller, oder?"
"Weiblich?"
"Meine nicht."

"Bin gleich da."
"Ich warte."

"He, Obal." Zwar.
"Zwar?" Obal.
"Putzt du dir morgens die Zähne?"
"Ach du meine Fresse! Wer bezahlt dich? Die Betriebs-krankenkasse?"
"Quatsch. Also!?"
"Naturalmente mit Nudeln al dente. Kleiner Scherz. So heißt bei uns die Zahnseide. Gib mir mal ne Nudel al dente, sagt meine Frau. Hahaha."
"Uff. Sogar mit Zahnseide."
"Vornehm, was? - Und du, du putzt dir hoffentlich auch die Zähne. Wehe, wenn nicht, dann beantrag ich sofort ein eigenes Büro"
"Meistens."
"Will ich dir auch geraten haben."
Stille.
"He, Obal." Zwar.
"Zwar?" Obal.
"Duschst du dich morgens?"
"Seh ich aus wie ein Schwein? Naturalmente."
"Und die Nudel al dente?"
"Ja, die wasch ich auch."
Albernes Gekicher.
"Hoffentlich gibts heute keine Nudeln in der Kantine."
"Und du, duschst du morgens?"
"Ja. ... Nein. ... Auch mal abends."
"Aha. Und was soll jetzt diese ganze Fragerei?"
"Ich krieg das nicht hin. Ich schaff das nicht alles an ein und denselbem Tag. Ich weiß nicht, wie die Frauen das

machen. Meine pflegt sich mit Links. Aber was da auch für ne Zeit bei drauf geht. Und bei ihr kommt das Schminken ja noch dazu. Ich dagegen: ... Meine Füße sind rissig, meine Hände trocken; ich will mir dreimal am Tag die Zähne putzen und bin froh, wenn ich einmal dazu komme; ich will mich jeden Morgen duschen, und schaffs nur jeden zweiten Tag; ich hol meine Hanteln raus und kaum hab ich sie zwei Tage benutzt, liegen sie zwei Wochen dem Staubsauger im Weg ... "

"Der Ärmste."

"Ja, kannst mich ruhig mal bedauern."

"Ich meinte den Staubsauger."

"Du Arsch, ich zwack dir jeden Knochen einzeln aus dem Leib."

"Ach du ... "

" ... meine Fresse!"

"Lass schon gut sein. Ich kenn das auch. Keine Ahnung, wie die Frauen das machen. Weißt du was?"

"Nun."

"Hab 'nen ziemlichen Bammel vor der nächsten Zahnkontrolle."

"Hilfe! Ich beantrage ein eigenes Büro. Hilfe! Geruchsbelästigung am Arbeitsplatz."

"Ach du meine Fresse, kommst du wohl rein, sollen das alle hören. Scheiße! Mach die Tür zu."

"Zu Hilfe, Belästigung am Arbeitsplatz! Er bedroht mich mit seiner Nudel. Scheiße. Zu Hilfe!"

Das Messer lag zwischen ihnen im Bett. Wie im Märchen das Schwert zwischen dem Mann und der Frau seines Zwillingsbruders. 'Wer liegt neben mir?', dachte die Liebe, 'Willem oder Male?' Und wessen Frau will ich sein? Wem gab sie sich hin, einem Mörder, einem Opfer? Oder jemandem, der beides zugleich war?

"Wenigstens ist es nicht zweischneidig.", sagte sie.

"Und wer stirbt, wenn ich dich umarme? Du oder ich?"

"Lass das", antwortete sie, "erst bist du mir eine Erklärung schuldig."

Er fischte mit den Zehen nach ihrem golddurchwirkten Acryltanga, der sich mit seiner Seitenkordel so grade noch an die Bettkante klammerte. Er angelte das Höschen mit der großen Zehe und schwenkte es wie eine Fahne durch die Luft.

"Lenk nicht ab, ich liebe dich."

"Ich lenk nicht ab, ich liebe dich ... Und damit sind wir mittendrin im Thema. "

Er bewegte sich langsam auf sie zu.

"Komm mir nicht zu nahe!", schrie sie und legte blitzschnell ihre Hand auf den Messergriff. Es war, als würde das Messer ihre Hand sofort wiedererkennen, wie der blinde Hund seinen Herrn.

"Ihr Vater ist am Telefon." Zentrale.

"Mein Vater?" Jutta.

"Ja. Bleiben sie dran."

" ... "

"Hallo?" Jutta.

"Wim?"

" - Wim?" Jutta.

"Gib mal, das ist mein Vater." Willem.

"Ich glaub, er ist weg." Jutta.

"Hallo, Dad. Dad? ... Er ist weg."

"Schade. Ich dachte, es wär *mein* Vater." Jutta. "Wim?"

"Ja, zu Hause nannten sie mich Wim."

"Auch deine Schwester?"

"Ich hab keine Schwester."

"Sie war aber gestern bei mir."

"Meine Schwester?"

"Ja, im Büro."

"Ich hab keine Schwester."

Willem wischte sich den Schweiß von der Stirn. Der durchmischte sich mit Tränen auf seinem Handrücken. Er langte zu, wenn das Leben kam, aber es kam nicht oft. Je öfter er zulangte, desto öfter langte er daneben. Dabei hatte er sein Auskommen. Und vielleicht liebte ihn sein Vater. Er jedenfalls gab sich große Mühe, ihn zu lieben. Aber das hatte er ihm nie vergolten. Vielleicht verstand er auch seine Sprache nicht. Jetzt, wo sein Vater Alzheimer hatte, war der Kontakt auf Begrifflosigkeit gestutzt.

Das Leben war für seinen Vater immer eine Zumutung gewesen, trotz seiner Bemühungen, das Gegenteil zu beweisen. Die Leichtigkeit, mit der er in Gesellschaft mit Scherzen und Charme jonglierte, muss ihn eine große Anstrengung gekostet haben. Im Grunde sah er sich in geselligen Runden an die Wand gespült und hätte losheulen können. Das zu tarnen und für dieses Manöver gelobt zu werden, war sein gewaltsames Ziel. Gewaltsam sich selber gegenüber. Daheim war er weniger Charmeur als Pedant, eins die konventionelle Kehrseite des anderen. Er versicherte sich seiner selber im familiären Ordnungsgefüge. Je mehr Frau und Kinder im Suppenteller zu schwimmen sich sattsam begnügten, je eher konnte er sein Haupt, Löwe von Sternzeichen, über den Tellerrand recken. Weiter wagte er sich allerdings nicht hinaus.

Mäppel mandelte sich auf: „Also, wenn hier einer faselt, dann bist du das."

„Nein, wirklich, da kannst du nach gehen: Wenn ein Tante-Emma-Laden einen Kaffeeausschank einführt, das ist der Anfang vom Ende. Kannst drauf wetten, dass der noch kein halbes Jahr später dicht macht. Erfahrungswerte.", beteuerte Schnabel.

Ein Taxi bog in die Kreudentalstraße ein. Schnabel sprang vom Bordstein, stellte sich mitten auf die Fahrbahn und fuchtelte heftig mit den Armen, um auf sich aufmerksam zu machen. Und auf seine schmerzenden Füße, aber davon wusste natürlich der Taxifahrer nichts.

„Weg", schrie der und lehnte sich halb aus dem Fenster.

„Weg! Ich bin vorbestellt."

„Ein Notfall.", schrie Schnabel und streckte die rechte Hand vor, als halte er damit eine Kelle. 'Der hätte beim uniformierten Straßendienst bleiben sollen', dachte Mäppel. Der Taxifahrer setzte beide Füße auf die Bremse wie einen Tross Blei und seine fettigen Stirnhaare flogen über den Schädel hinweg in Richtung Kopfstütze. Schnabel wich dem Kühler erstaunlich elegant aus, etwa so wie ein übergewichtiger Torero, und schrie triumphierend: „Ha!". Und als hätte sich in einer imaginären Stierkampfarena dieser beachtlichen Leistung wegen ein bewunderndes Raunen durch die Zuschauerränge fortgesetzt und wäre tausendfach verstärkt zu ihm zurückgekehrt, wiederholte er: „Ha!"

Stattdessen hupten um ihn herum mindestens sieben Autos und ein Radfahrer klingelte Sturm.

„Zug um Zug, die Polente ist Betrug.", zischte Mäppel, als er an Schnabel vorbeistürmte und sich neben die Fahrertür pflanzte.

„Polizei.", sagte er. „Sie zeigen jetzt mal die Fahrzeugpapiere, die Lizenz, Ausweis etc."

Der Radfahrer, der neugierig nach hinten schaute, während er vorwärts in die Pedale trampelte, konnte der schmerzhaften Begegnung mit einem Abfallkübel nicht entgehen.

„Ich werde dafür sorgen, dass sie keine Zuschüsse mehr bekommen, keinen müden Pfennig.", japste Schnabel.

„Cent.", sagte der Taxifahrer.

„Ha!", machte Schnabel. Während sich Mäppel in aller Ruhe die Papiere ansah. „Alles in Ordnung.", sagte er. „Also fahren sie uns jetzt oder nicht?!"

„Nicht ... ", antwortete der Chauffeur und machte eine Kunstpause, während er die Papiere zurück ins Handschuhfach stopfte. „ ... kann ich sie ja wohl nicht fahren. Aber nur unter Protest."

„Das ist uns egal", sagte Mäppel und öffnete die Hintertür. Als sich Schnabel schwer schnaufend neben ihn auf das Polster schob, fragte Mäppel leise:

„Was für einen Zuschuss meintest du eigentlich?"

„Kriegen die nichts vom Staat? Irgendwas vom Staat werden die doch kriegen. Oder?"

„Und?", fragte der Chauffeur auffordernd und verdrehte dabei die Augen gen Autodach.

„Ins Kregels.", nuschelte Schnabel absichtlich undeutlich.

„Ins Kregels? Ist das offiziell?"

„Of-fi-ziell", sagte Schnabel und betonte jede Silbe.

„Aber natürlich *under cover*.", fügte Mäppel hinzu und schickte ein breites Grinsen durch den Rückspiegel.

„Na, während der Arbeitszeit ins Kregels möchte ich auch mal. So'n Dusel. Und dann noch auf Staatskosten."

„Auf Staatskosten?". Schnabel.

„Etwa nicht? Oder geht die Polente jetzt auch an die Börse? Apropos, wieso ist die Polizei eigentlich noch kein Privatunternehmen. Dann würdet ihr nicht harmlose Taxifahrer auf offener Straße überfallen wie Posträuber."

„Schnabel.", sagte Mäppel.

Der Taxifahrer bremste so scharf, dass beide Beamte schmerzhaft Bekanntschaft mit den Kopfstützen der Vordersitze machten und bereuten, nicht angeschnallt zu sein.

„Das war eine Beleidigung.", keuchte der Chauffeur, „das brauch ich mir nicht gefallen zu lassen. Ich lass mir nicht den Mund verbieten. Steigen sie sofort aus."

„Nun machen sie mal halblang, ich rede nicht mit ihnen, sondern mit meinem Kollegen. Und der heißt Schnabel. Stimmts Schnabel."

Schnabel nickte. „Weiterfahren.", sagte er.

Währenddessen trat der Radfahrer seinen demolierten Drahtesel unter sich weg und pflückte einer Blondine, die gerade vorbeikam, das Handy vom Ohr. Er wählte die Nummer der Polizei und gab das Kennzeichen des Taxis durch. Hinter ihm schrie die Frau um Hilfe. Fünf Einkaufstüten gerieten in heftige Bewegung. Dabei wurde ihnen so übel, dass sie beinahe Strumpfhosen und Lebensmittel ausgespuckt hätten.

„Hilfe, Überfall, Polizei! Ein Dieb! Mein Handy! Zu Hilfe."

Das die ganze Verwirrung von ebendieser Polizei ausgelöst worden war, die sie jetzt so vehement um Unterstützung anflehte, davon ahnte die Blonde nichts.

„Da sind wir.", sagte der Taxifahrer und sah voller Neid zu den Fenstern der Gründerzeitvilla hoch, hinter denen sich diskret das Bordell versteckte.

„Kregels.", sagte er fast andächtig, dann wechselte er abrupt in eine schnörkellose, tiefere Tonlage und setzte anklagend nach: „Auf Staatskosten."

„Ha!", fuhr Schnabel auf, und da er sich gerade anschickte, unter dem Türrahmen wegzutauchen, schlug er mit dem Kopf gegens Blech.

„Verflucht.", schrie er, blickte zu Mäppel hinüber, um sich dessen Unterstützung zu versichern und wedelte mit den Händen in Richtung Auto, als wolle er ein lästiges Insekt vertreiben.

„Nun machen sie schon, worauf warten sie noch."

Der Chauffeur griff hinter sich in den Fond, um wutschnaubend die Tür ins Schloss zu werfen, die Schnabel hatte offen stehen lassen und startete den Wagen, als wäre er auf der Flucht, auf der Flucht vor der Polizei, was er ja gewissermaßen auch war.

„Ich werde dafür sorgen, dass man diesem Herrn die Lizenz entzieht.", fauchte Schnabel.

„Schnabel!" Mäppel schüttelte übertrieben besorgt den Kopf. „Schnabel, wir sind hier nicht in einer Bananenrepublik."

„Eben", entgegnete Schnabel, „deshalb müssen wir die Nutten selber bezahlen. Auf Staatskosten, ha!" Und dann nach einer Pause: „Warst du schon mal hier?"

„Hier nicht."

„Zu teuer, was?"

„Kann man wohl sagen."

„In so 'nem Billigpuff, holt man sich da nicht was?"

„Wer geht denn gleich unters Katertor?" Durchs Ostentor traute sich nach Einbruch der Dunkelheit niemand mehr. Dort verscherbelten Frauen ihre Körper, die noch niemand im Hellen gesehen hatte, und das war wahrscheinlich auch besser so. Sie erledigten ihren Job in aller Schnelle, von der Parkseite an die Tormauer gepresst. Es war auch im Interesse der Freier, die Sache so schnell wie möglich hinter sich zu bringen. Viele glaubten, man bekäm um so mehr Krankheiten, je länger man in 'ner Frau drinsteckte.

„Du sagst es.", antwortete Schnabel.

Ein gewundener Pfad führte sie durch den Vorgarten bis ans Tor. Als sie schon auf der breiten Entreestufe standen und sich gegenseitig ansahen, um herauszufinden, wer auserwählt war, die Türglocke zu betätigen, - und hier hing tatsächlich eine faustgroße Glocke am Galgen, - fragte Schnabel schnell:

„Wie findest du eigentlich die Liebe."

„Wir stehen vor einem Bordell."

„Ja, eben, da macht man sich doch Gedanken."

„Ausgerechnet über die Liebe?"

„Nein, aber über das Verhältnis zu ihr"

„Aha."

„Ich bin halt oft in ihrem Büro."

„Ach, du lieber Himmel, du meinst *die* Liebe."

„Jutta Liebe."

„Na, hör mal, du redest *hier* ...", - und Mäppel hob theatralisch die Arme, als wolle er in allumfassender Zuneigung die gesamte Villa umarmen, - „über eine Frau?"

„Sind das da drin keine Frauen."

„Mehr als du denkst.", Mäppel grinste und zog an der

Klingelschnur. Er musterte die Kugel aus Holz, die am Ende der Schnur baumelte. Wie hätte der Griff wohl beschaffen sein müssen, um Appetit zu machen auf die Leibesübungen, die hinter der Tür feilgeboten wurden. In beider Männer Phantasie teilte sich die Kugel in zwei Hälften, in zwei Hälften der Welt und der Äquator wurde zum Graben. Schnabel sah einen Arsch und Mäppel zwei volle Brüste.

„Bitte treten sie ein, die Tür ist offen. Wir sind tausendundeine Nacht für sie da. Wir wünschen Ihnen einen wundervollen Aufenthalt.", sagte eine Frauenstimme aus einem unsichtbaren Lautsprecher. In dem gleichen Singsang mit dem in den großen Kaufhäusern Sonderangebote angepriesen wurden. Eine von diesen nasalen Stimmen, die losgelöst vom Körper, erotische Phantasien freisetzten. Lernte man zufällig die Frau von Angesicht zu Angesicht kennen, folgte nicht selten eine große Ernüchterung. Die sagenhaften Sirenen wussten schon, warum sie ihren Stimmen keine Wohnung in einem menschlichen Körper gaben. Stimmen auf den Schwingen der Lüfte, welch poetische Vorform der Telefonsexpraktiken.

Kaum dass Mäppel die Klinke berührt hatte, trennten sich die Türflügel in der Mitte, verschwanden rechts und links in den Wänden und gaben einen gläsernen Windfang frei. Von Dutzenden winzig kleinen Halogenstrahlern, die in die Decke eingelassen waren, geblendet, konnte man die Halle, die sich dahinter befand, nur erahnen. Irgendjemand musste mehr Interesse daran haben, die Kunden sofort identifizieren zu können, als sie unmittelbar mit einem verwunschenen Ambiente zu verzaubern. Schnabel und Mäppel hielten unwillkürlich die Hand wie einen Schild über die Augen, um jenseits der gläsernen Rotunde irgendetwas in der Halle erkennen zu können. Im selben Augenblick schloss sich hinter ihnen die Außentür, ein kleiner unsanfter Ruck ging durch den Windfang und der gläserne Kasten fuhr wie ein Aufzug in die Tiefe.

„Verdammt", stotterte Schnabel, „was ist das?"

"Wir hätten uns erkundigen sollen, wie das hier funktioniert.", flüsterte Mäppel.

„*Wenn* das hier so funktioniert. Sieht mir eher nach einem Spezialempfang für besondere Kunden aus."

„Bist du privat versichert?"

„Nein."

„Na, also, Sonderbehandlungen können wir uns nicht leisten."

Der Aufzug verlangsamte seine Fahrt, traf auf irgendwas wie ein Luftkissen, wurde unsanft um ein paar Zentimeter gegen die Fahrtrichtung emporgeschleudert, sackte wieder ab, - diesmal entschloss sich das Luftkissen wie ein Ballon zu zerplatzen -, und die Kabine blieb mit einem kurzen Rütteln, das sich durchaus auf die Insassen übertrug, stehen. Schnabel löste seinen Krawattenknoten und stöhnte.

„Wenn das so weitergeht, brauch ich meine Krankenversicherungskarte eher, als mir lieb ist."

Während sich in der Glasrotunde eine Tür aufschob und den Blick auf die unterirdische Etage freigab, erlosch das Licht im Aufzug, und wie bei einer Bühnenbeleuchtung, die die Aufgabe hat, den Blick des Zuschauers auf den Fokus zu lenken, richtete sich die Aufmerksamkeit der beiden Kriminalbeamten jetzt auf einen, wenn auch nur schwach beleuchteten Flur, der in einer Fluchtlinie nach hinten führte.

Mäppel maulte:
„Verwechseln die uns mit den Heizungsmonteuren."
Schnabel schaute verzagt in den langen Flur, der vor
ihnen lag.
„Nun ... also ... sollen wir da rausgehen - ?"
„Findest du den Knopf fürs Erdgeschoss?", fragte Mäppel leichthin und hüpfte mit einem raschen Schritt aus
dem Aufzug. Selbst Schnabel war nicht entgangen, dass
der Konstrukteur die Knöpfe, mit denen man das Etagen-
ziel wählen konnte, vergessen hatte. Wenn denn dieser
Fallkorb
- 'Fallenkorb', dachte Schnabel -
überhaupt ursprünglich als Aufzug geplant gewesen war.
„Pah!", sagte Schnabel, zuckte mit den Achseln und folgte Mäppel in den schummrigen Flur. Den einen Fuß im
Keller, den anderen noch im Aufzug, zögerte er eine Sekunde. Eine Sekunde zu lange, wie sich herausstellen
sollte. Ein Ruck ging durch den Aufzug, es war, als schüt-
tele er sich noch einmal, um den endgültig richtigen Platz
in der Schiene zu finden, und kurz bevor die Glastür sich
anschickte vor die Zelle zu gleiten, stolperte Schnabel
vorwärts und in die Arme von Mäppel. Der, auf die rit-
terlichen Dienste, die die Situation von ihm erwartete,
völlig unvorbereitet, tat, in der Schnabelschen Klammer
gefangen zwei Hüpfer in den dunklen Keller hinein. Als
sie wieder zur Ruhe kamen, klopfte er sich Schnabel vom
Anzug.
„Was soll das werden?! Ne Tanzstunde oder was?!",
grummelte er.
Sie warfen noch einen letzten Blick zurück zu dem Loch,
in dem der Aufzug verschwunden war. Verglichen mit
den unbekannten Gefahren, die vor ihnen lagen, kam ih-

nen die Glaszelle im Nachhinein richtig heimisch vor.

„Und wo ist sie jetzt, die verführerische Stimme?", flüsterte Schnabel.

„Die von Jutta Liebe?", fragte Mäppel und kicherte in sich hinein.

„Blödmann.", knurrte Schnabel und blieb beleidigt zwei Schritte zurück.

Diese Trotzreaktion sollte ihm in der folgenden Stunde viel Zeit bescheren, um über diesen Fall im Besonderen und sein Leben im Allgemeinen nachdenken zu können. Denn zwischen ihm und Mäppel schloss sich ein Tor, deren Flügel metallisch nackt aus unsichtbaren Wandnischen hervorschossen. Zehn Schritte hinter ihm, wo der Aufzug in die Höhe verschwunden war, begrenzte eine kahle, weiß gekälkte Wand sein frisches Gefängnis. Kahl bis auf ein Schild, das von der letzten Restaurierung übrig geblieben sein musste, es hing schief an einem einzigen Nagel. Vor grünem Grund stand dort in geschwungener Schrift: *Estrich - von Rebenland.*

„Pah", murmelte Schnabel, „hier werd ich niemals Stammkunde. Und wenn ich der Fürst Estrich von Rebenland wär."

Einige Kilometer vom Kregels entfernt saßen ein verwirrter Radfahrer und eine aufgebrachte Blondine auf dem Rathausrevier. Beide hechelten in der immer dünner werdenden Luft ihrer Selbstgerechtigkeit, um zu Atem zu kommen. Die junge Polizistin, die sie verhörte, hatte das Gefühl, ständig auf dem Sprung sein zu müssen, um zu verhindern, dass sie sich in die Haare gerieten.

Ein paar Türen weiter lümmelte sich Mrocinski auf Jutta Liebes Schreibtischstuhl herum. Er sah auf die Uhr. Wenn sie nicht bald eintraf, musste er zu Wilma ins Kregels. Bei kurzfristigen Absagen schlug Wilma das Geld, das ihr durch die Lappen ging, auf die Rechnung des nächsten Besuchs. Das war ihm einmal passiert und er hatte sich geschworen, es nie wieder dazu kommen zu lassen. Bei jedem Stoß hatte er damals das Gefühl gehabt auf eine Goldmine zu treffen: Schürfen durfte er, aber die Nuggets gehörten eindeutig ihr.

Mrocinski schlürfte den letzten öligen Schluck aus seinem Kaffeebecher, zerdrückte ihn, warf ihn unter Juttas Schreibtisch, - es war ihm egal, ob er den Papierkorb traf oder nicht, (er traf ihn nicht, wie immer,) - und verließ den Raum.

"Weiber!", brummte er.

Im Vorbeigehen öffnete er die Tür zum Schreibzimmer seiner Sekretärin, vor der er, was sein wenig bewegtes und selten bewegendes Privatleben betraf, keine Geheimnisse hatte, steckte seinen Kopf hinein und rief:

"Simonscheidt, wenn die Liebe kommt, ich bin in anderthalb Stunden wieder da. Sie wissen, ich muss ins Kregels."

"Da sind schon Schnabel und Mäppel."

Die Verblüffung auf Mrocinskis Gesicht hätte nicht größer sein können.

Nicht um alles in der Welt hätte sich Schnabel in seinem Gefängnis auf den Boden gesetzt, selbst wenn hier jemand nach der letzten Restaurierung, die sicherlich Jahre zurücklag, mit einem Besen durchgegangen wäre. Er schritt energisch auf und ab, um Körper und Geist geschmeidig zu halten. Bereit sein war alles und wer konnte schon sagen, was ihn noch alles erwarten würde.

Jedesmal, wenn er unter dem Aufzugsschacht die Richtung wechselte, schickte er einen schnellen Blick nach oben. Aber über ihm gähnte ein schwarzes Loch und seit der handvoll Minuten, die er hier allein eingeschlossen war, blieb die Mechanik des Fahrstuhls wie tot. Es war diese Art von Grabesruhe, bei der man sich nicht vorstellen konnte, dass sie je enden würde. Aber man witterte auch irgendwo dahinter verborgen einen Geist, dem man jederzeit zutraute, geräuschvoll loszupoltern. Das spannte die Aufmerksamkeit in ein Joch, dessen Riemen immer dünner wurden. Bis sie schließlich zerissen, - aber davon war Schnabel noch weit entfernt.

Er bereute, dass seine Pistole in der Schreibtisch-schublade lag. Er hatte sich immer darauf verlassen, dass Mäppel sein Holster trug, und das war nie leer. Er wusste, wenn Mäppel eine Möglichkeit gesehen hätte, mit ihm in Kontakt zu treten, hätte er es getan.

Die Liebe kam ihm in den Sinn und ihre Strenge ihm gegenüber, die ihm zugegebenermaßen schmeichelte. Sie wusste ihn zu nehmen, wusste, dass man ihm sagen musste, wo es langging, und das machte sie in seinen Augen nur noch begehrenswerter.

"Heiliger Strohsack.", flüsterte er. Er erinnerte sich an das eine Mal, als sie tränenüberströmt in der Nische am Fenster stand, - ja, mein Gott, er hatte nicht angeklopft, aber sie hatte ihn ja schließlich über die Sprechanlage in ihr Zimmer gebeten. Sie war in dem folgenden Gespräch mit ihm so ruppig gewesen, dass er sie am liebsten in seine Arme geschlossen hätte, so sehr hatte ihn die Rührung übermannt.

Er hätte sie über den Kopf streicheln und so manchen

Knoten für sie lösen können - beruflich wie privat - davon war er überzeugt.

"Wenn sie immer so schnell kämen, wenn ich sie rufe, wär ich froh.", hatte sie geblafft und ihm weiter den Rücken zugekehrt. Sie schien geschrumpft zu sein in ihrem Schmerz und er hätte gern väterlich eine Hand auf ihre Schulter gelegt. Aber sein Blick war tiefer gerutscht auf ihren Po, und er hatte gespürt, dass es lange her war, dass er mit einer Frau geschlafen hatte.

Er horchte auf. Kratzte da nicht jemand an der Metalltür? Er eilte mit hastigen Schritten auf den Spalt zu, spähte hindurch, - nicht zum ersten Mal, aber die beiden Flügel schlossen so dicht, dass ihm auch nicht der winzigste Durchblick gewährt wurde, nicht um Haaresbreite, - legte dann sein Ohr an das Metall und lauschte angestrengt. Nichts. Weit über ihm das Rauschen von Wasser, das sich über das ganze Rohrsystem bis in die Tiefe fortsetzte.

Der Kies spritzte auf und ein Dutzend Steine klackerte gegen den Kotflügel des schwarzen Volvo neben ihm, als Mrocinski, der sich erst im letzten Moment für den freien Platz entschieden hatte, das Lenkrad herumriss und in die Lücke schoss. Eigentlich hatte er nach einem Platz Ausschau halten wollen, der näher am Hintereingang lag, aber dann fiel ihm ein, dass es unwahrscheinlich war, um die Mittagszeit hinter der Kregelschen Villa, wo sich ein von der Straße nicht einsehbarer Hof mit VIP-Parkplätzen befand, eine Lücke zu finden. Er hätte kostbare Zeit verloren, wenn er wieder hierher hätte zurückkehren müssen. Er lief so schnell, dass der Kies unter seinen Sohlen wegrutschte und schaute gehetzt auf die Uhr.

Im gleichen Augenblick, als Mrocinski seine Kennkarte, Magnetstreifen voran, durch einen Schlitz schob, damit seine Stammdaten ausgelesen werden konnten, lag Schnabel tief im Keller auf den staubigen Knien, ein Ohr an den Spalt gepresst. Mäppel genoss derweil einen *service á la france* von einer jungen Polin, wenn auch an einem ungewöhnlichen Ort.

Mrocinski bekam an der Rezeption einen Ausdruck mit vereinbartem Termin, Name der gefälligen Dame, Etagen- und Zimmernummer und dem genauen Zeitpunkt des Eintreffens. 12:29:58 stand rechts unten in der Ecke. Das war knapp. Triumphierend wedelte er mit dem Papier und betrat den Aufzug. Der Schacht, mit glänzendem Aluminium ausgekleidet, führte mitten durch die Villa, wie ein dickes Entlüftungsrohr. Rings um das Rohr wand sich die alte herrschaftliche Treppe in die oberen drei Etagen, mit rotem Treppenläufer und marmornem Geländer. Vergoldete Stangen hielten den Teppich in den Kniekehlen der Treppe. Der Aufzugschacht war mit goldfarbenen Klecksen verziert, die, in den unterschiedlichsten Größen und unregelmäßigen Abständen zueinander, aussahen, als hätte ein riesiger Pinsel Goldbronze verspritzt. Die Rezeption stand auf einer Insel inmitten eines künstlich angelegten Teichs, der von Kübeln mit 2-3 Meter hohen Palmen umgeben war. Zu den beiden Eingängen und zum Aufzug gelangte man über flache ovale Steinplatten, mit deren Hilfe man den Teich trockenen Fußes überqueren konnte, es sei denn, man geriet genau zwischen zwei Platten ins Wasser hinein und würde die Goldfische erschrecken. Wasser, Palmen und künstliche Seerosen spiegelten sich in der

Verkleidung der Aufzugsröhre bis in die Belletage hinauf.

Mrocinski verschwand in dem kreisrunden Aufzug, dessen Durchmesser nur 80 Zentimeter betrug. Schnabel schritt auf den 6 x 2 Metern seines Gefängnisses wieder kräftig aus, weil sein rechter Fuß eingeschlafen war.

Die Abstellkammer von 160 x 160 Zentimetern mussten sich Mäppel und die Polin mit Besen, Putzmitteln und einem Regal teilen. Die Polin kniete nackt vor ihm, und während sie mühelos seinen Ständer mit den Lippen bearbeitete, versuchte sie gleichzeitig, sich das Standrohr eines Staubsaugers vom Leib zu halten, das sich hinter ihr aus der Wandhalterung gelöst hatte und sie bedrängte.

Die Polin war eine falsche Blondine mit echter Freiluftbräune, ihr schwarzes Schamhaar saß auf der Spitze eines weißen Dreiecks. Sie war auch keine Polin, sondern eine bosnische Reinigungskraft, die im Keller illegal Freier empfing, tief unter der Höhle der Salonlöwinnen. Ihren Körper bekam man im Sonderangebot. Nicht ihr Service, sondern das Ambiente ließen zu wünschen übrig. Sie war das Chamälion unter den Putzfrauen, sie glich sich den Talenten ihrer Herrinnen an.

Die Liebe säbelte an der größten Portion herum, die ihr jemals aufgetischt worden war. Der Pizzateig quoll in doppelter Fingerbreite über den Rand des Tellers hinaus, Fett, Oregano und Tomatensauce tropften auf das Tischtuch und es roch unverschämt *ich-knet-dich-ich-beleg-dich-ofenfrisch*.

Ob die Pizza, mit einem geschätzten Durchmesser von 38 Zentimetern, je in ihren Konditorstochtermagen passen würde, stand nicht fest. (Und wie war das noch? Träumte sie nicht eigentlich von langen knochigen Fingern ...?) Manchmal spielte sie das Spiel: Jutta sucht bei Giovanni ihren Superstar. Aber von all den Typen lächelte keiner zurück, weil sie ahnten, dass sie in kein Millionenpublikum hineingrinsen konnten, wenn sie sich statt von einer Fernseh-Jury von der Liebe auswählen ließen. 'Obwohl, wegen der Mielitzsache hätten sie wenigstens die Chance, an meiner Seite in die Zeitung zu kommen', dachte Jutta. Sie sah die Schlagzeile vor sich: *Simon S. hält auch am 53igsten Prozesstag noch die Hand seiner Liebe.*

Sie träumte davon, von Willem ermordet zu werden. Wahrscheinlich würde seine Schwester ihn mit den Exponaten ihrer Kieselsammlung steinigen, damit er niemals vor ein irdisches Gericht kam. Seine Schwester würde die Schande tilgen und sich dann, hui, in Nebel auflösen. Sie kicherte. Ein Stück von der Pizzakruste geriet in die Luftröhre. Sie lief rot an, rang nach Atem, umklammerte die Tischkante mit ihren Händen bis die Knöchel weiß hervortraten, und stolperte von einem Hustenanfall in den nächsten.

Schließlich, nachdem Giovanni ihr mehrmals kräftig auf den Rücken geklopft hatte, merkte sie, wie viel Luft selbst in der überfüllten Pizzeria noch für sie übrig war. Es reichte zum Leben. Vorläufig zumindest.

Mäppel schlich über eine schmale Personaltreppe in die zweite Etage hinauf. Er wusste, in welchem Zimmer Wilma arbeitete. Die falsche Polin war wieder in ihre Kittelschürze geschlüpft, hatte einen Eimer und einen Lappen mitgenommen und wich nicht von seiner Seite.

Schon zweimal hatte sie ihn während des Aufstiegs bedrängt und Daumen und Zeigefinger aneinander gerieben. Mäppel hatte Mühe, ihr begreiflich zu machen, dass er nicht hier war, um sein Geld an eine Salonlöwin zu verschwenden, sondern einen Auftrag zu erfüllen hatte. Schließlich zeigte er ihr seinen Dienstausweis und wies sie an, ihn in Ruhe zu lassen und zu verschwinden. Als sie las, dass er von der Polizei war, presste sie eine Hand gegen den Mund und begann zu wimmern. Er erfuhr aus den wenigen Brocken Deutsch und dem Schwall an Gesten, der sie begleitete, dass sie illegal eingereist war. Sie flehte ihn an, sie zu verschonen, sie nicht zu verhaften wegen dem, was im Keller passiert wäre. Mäppel versuchte ihr klarzumachen, dass ihn das alles nichts anginge, und dass sie endlich verschwinden solle. Sie war so dreist, ihm einen Termin für ein nächstes Treffen in der Besenkammer anzubieten. Er drehte sie herum und schob sie kurzerhand die Stufen hinunter. Sie schien endlich begriffen zu haben und als sie selbständig treppab stolperte, zischte Mäppel plötzlich: „Stop.", war in zwei Sprüngen bei ihr, schob die Kittelschürze an ihrem nackten Leib hoch und krallte die Finger der rechten Hand in ihren kalten Po. Mit der anderen packte er ihr Haar, riss ihren Kopf nach hinten und schob ihr seine Zunge in den Mund. Dann ließ er sie stehen, hechtete den Treppenabsatz hinauf und verschwand durch die Tapetentür. Er hatte das Gefühl, als könne er seine Macht über alles drüberstreuen wie Puderzucker, wie Schnee.

Schnabel kaute auf einem Stein herum, der aussah wie ein Karamellbonbon. Während eines Ostseeurlaubs war er ihm am Strand vor die Füße gespült worden, er hatte seinen Fund stolz ins Kurhaus getragen. Man hatte ihn ausgelacht, weil er es für einen Bernstein hielt und hatte ihm erklärt, dass Bernstein so klar wär wie Langnesehonig.

„Es handelt sich nicht einmal um einen echten Milchbernstein."

Seitdem trug er seinen Fund in der Hosentasche. Er glaubte fest daran, dass er ihm Glück bringe und nahm ihn gerne zwischen die Lippen, obwohl er kalt war und hart. Wenn sich das Sonnenlicht in ihm spiegelte, sah Schnabel alles vor sich, was aus Milch, Honig und karamellisierter Butter bestand, und das Wasser lief ihm im Mund zusammen.

Es hatte sich nichts geändert. Immer noch war aus dem Aufzugsschacht kein Geräusch zu hören. Vergeblich hatte Schnabel alles nach einem versteckten Knopf abgesucht, um die Kabine herunterzuholen, vergeblich auch nach einem Mechanismus Ausschau gehalten, mit dem er die Metalltür öffnen konnte, die den Kellergang verriegelte. Die Möglichkeit, etwas in Bewegung zu setzen, lag außerhalb seines Einflusses. Das war er nicht gewohnt.

Jutta schob den Rest der Pizza weit von sich und stöhnte.

„Lass mich das erledigen."

Willem hatte sich von hinten an sie herangeschlichen, war in einer einzigen Bewegung an ihr vorbeigeglitten, auf einen freien Stuhl geplumpst und hatte zu sprechen begonnen, bevor Jutta auch nur einen Zipfel seines Schattens bemerkt hatte.

„Du!", rief sie überrascht, lachte, beugte sich zu ihm hinüber und küsste ihn auf den Mund.

Schon hatte er ein Stück Pizza in den Mund gestopft,

schon kaute er darauf herum.

„Gan'n Dag nits gessen.", nuschelte er, und strahlte sie an, als habe er die Absicht, ganze Milchstraßen von Sternen zu ihr hinüberschicken.

„Iss tüchtig, Junge.", sagte sie und gab ihm mit der Faust einen zärtlichen Nasenstüber. „Wer weiß, wann du wieder was kriegst?"

Er schnappte mit dem Mund nach ihrer Hand und hielt sie mit den Zähnen. Im Nu lagen sie sich in den Armen, und umwühlten heißhungrig jeder des anderen Zunge.

Eh er sich versah, saß sie auf seinen Knien.

„Ich hab dich vermisst,", sagte sie.

„Ich werde dich vermissen.", sagte er und durch den Pullover hindurch brannten seine Hände Löcher auf ihren Rücken. So sehr verlangte es sie nach Berührung.

„Du wirst mich vermissen?", fragte sie flüsternd. „Immer?"

„Bald."

„Bald?"

„Ja, jetzt ja wohl nicht.", antwortete er, lacht eine Spur zu heiser und wollte sie küssen.

Sie entzog sich ihm und drückte ihn mit sanfter Gewalt gegen die Stuhllehne.

„Was meinst du damit: Bald wirst du mich vermissen?"

Schnabel wischte sich mit dem Handrücken den Rotz von der Nase.

„Uhje.", schnaubte er.

Er war ganze zweiundneunzig Tage verheiratet gewesen, - aber bis in die Fingerspitzen, so stolz und verliebt war er. Sie hieß Yanna und war Lehrerin für Griechischkurse an der Volkshochschule. Eigentlich hieß sie Yannanais

Elethenoias und damit fing das Übel an. Für ihn klang der Name wie ein Lied oder wie eine Zeile aus einem gregorianischen Choral von der CD, die er sich Jahre zuvor bei einer Klosterbesichtigung gekauft hatte. Yannanais Elethenoias. Yanna war voller dunkler Laute, die sich wieder und wieder in hellen Jauchzern Luft machten. Erstaunen, Überraschung, Erfüllung einer Hoffnung, alles begleitete sie mit fröhlichen Jauchzern, die noch außerhalb von ihr ein selbständiges Leben zu führen schienen. Nicht nur, dass ihre Begeisterungslaute ein kurzes Leben fristeten, das rasch auf ihren Lippen und den Lippen der Zeit erstarb, nein, sie schienen sich darüber hinaus im Zeitstrom selber fortzupflanzen, mittels einer akustischen Membran Menschen, Pflanzen und Dinge zu berühren und sie zu verändern, indem sie sie in Schwingung versetzten, in eine schnelle, fröhliche auf dunklem Grund.

Schnabel war nicht zufrieden mit dem Glanz, der ihm, als Teilnehmer eines Griechischkurses, zufällig zuteil wurde, nicht zufrieden mit den Ausflügen, die Yannanais Elethenoias mit ihm unternahm, was er nach schüchtern vorgebrachten Einladungen gar nicht zu hoffen gewagt hatte, sondern wollte volles Maß, wollte besitzen. Da hätte er gleich das Leben einsperren können.

Sie heirateten. Yannanais Elethenoias welkte wie eine Blume, neben seinem pedantischen Wesen erstarrte ihre Membran zu Glas und zerbrach. Schon bald musste sie wegen Depressionen in psychologische Behandlung. Ihre dunkle Seite hatte überhand gewonnen. Irgendwo mochte jemand die Scherben ihrer Jauchzer zusammengekehrt haben, sie erinnerte sich nicht mehr. Sie verließ ihn.

„Uhje.", schnaubte Schnabel. Ihm war so klar wie nie,

dass ihrer beider Seelen sich gegenseitig ausgeraubt hatten, bis die ihre restlos leer war. Er, auf dessen Seele ein Koordinatennetz aus Vorschriften und Ängsten lag, hatte sich besser schützen können. Yannanais Elethenoias, allein ihren Namen zu denken, war Balsam für seine Seele. Allerdings ein rückwärtsgerichteter, wehmütiger, - einer wie er ihn liebte. Abschiede berührten ihn mehr als Begrüßungen, weil er schon in der Begrüßung den Abschied schmeckte. Sein Lieblingsmonat war der Oktober.

Die Liebe hatte wutschnaubend ihre Jacke vom Haken gelupft und war aus Giovannis Pizzeria verschwunden. Willem malte mit einer übrig gebliebenen Pizzakruste auf dem Teller herum. Wenn er doch bloß wüsste, wer es war, der Tanja umgebracht hatte, vielleicht könnte er dann Jutta gegenüber .... - ja, was eigentlich? - ... unbefangener sein? Aber würden die Schuld, die er auf sich geladen hatte und die Ratlosigkeit angesichts der Spuren, die, *wenn* sie vorhanden waren, geradewegs zu ihm führen mussten, nicht immer Teil seiner selbst sein. Wer war er, dass er sich in der Veränderung nicht mehr wiedererkannte? Und doch war er Jutta begegnet, und führte die Liebe nicht zu sich selbst?

Für die Liebe stand fest, dass sie schnurstracks zu Willems Wohnung fahren und dort eindringen würde. Das Schloss sollte kein Problem sein, - wenn sie sich recht erinnerte, war es ein Zylinderschloss der ersten Generation. Sie musste das Messer in ihren Besitz bringen. Und die Reste ihres goldfarbenen Slips, den Willem beim letzten Mal mit dem Messer zerschnitten hatte. Lagen sie noch auf dem Teppichboden, hatte er sie mit den Füßen unters

Bett geschoben, liebte Willem Jutta? Niemand sollte beweisen können, dass sie jemals in seiner Wohnung war, und heute schon gar nicht. Sie wollte nichts als das Messer haben, die einzige Trophäe, die ihr von der Bluttat an Mielitz übrig geblieben war.

Willem hatte sich von dem Messer, das zwischen ihnen lag nicht einschüchtern lassen, hatte es gepackt, den Slip eingeholt, der immer noch an seinem in die Luft gereckten Bein hing wie eine Fahne, erst die Seitenriemchen mit dem Messer durchtrennt und dann den Rest des Stoffes - zwei mit einem schmalen Steg verbundene Dreiecke - mehrmals aufgeschlitzt. Dann hatte er das Messer nebens Bett geworfen, sich auf sie gestürzt, sie mit einer Wolke von Liebesworten benebelt wie mit Aether und unter Küssen begraben. Schließlich war sie sich selber unbekannt gewesen in der Gier, die sie packte und der Raserei, mit der sie ihrem Verlangen freien Lauf ließ. Sie wollte ihn überall gleichzeitig spüren, mit jedem Millimeter Haut, Lippen, ihn mit ihren Händen packen, die ihr plötzlich riesengroß vorkamen, sich seinen Leib als Nahrung zuführen, bis nichts mehr von ihm übrig war und sie sich die Lippen lecken konnte nach diesem ersehnten Mahl. Die Gourmet-Kritik wollte sie allerdings für sich behalten, die ging die Öffentlichkeit nichts an. Sie hatte das Restaurant *Willem* zu ihrem Stammlokal erkoren. Das kalte Steak auf dem Teller und schlabberige Salatblätter, von der die Marinade herabtroff, waren allerdings ein Dessert gewesen, das sie mit Macht wieder in die irdische Wirklichkeit zurückgestoßen hatte. Sie hatte lustlos darin herumgestochert. Nur Willem hatte das Zeug mit Heißhunger verschlungen. Er hatte sich den Mund mit der Serviette abgewischt, sie auf die Wange geküsst und

geflüstert:
"Himmlisch, ... und jetzt nochmal"

Selbst, wenn Willem nach einigen Grummelminuten unverzüglich vom Giovannis nach Hause gehen sollte, müsste ihr Vorsprung genügen, um das Messer an sich zu bringen. Die Fetzen ihres Tangas, na ja, da hatte sie in seiner Küche und auf dem Laken mehr Spuren hinterlassen. Aber er sollte keine Gelegenheit haben, seine Wut an ihrem Stoff auszulassen oder, was noch schlimmer wäre, die Fetzen in einer Anwandlung von nostalgischer Zärtlichkeit zu berühren.
Verdammt, vielleicht war es zickig von ihr, böse auf ihn zu sein. Nur weil er die Möglichkeit in Betracht gezogen hatte, dass ihre Liebelei schon bald zu Ende sein könnte? Aber hatte er denn nicht recht? Wer hatte ihm das Messer untergeschoben? Wie lange konnte es noch dauern, bis man sie des Mordes an Mielitz verdächtigen würde? Sollte sie ihm alles erklären? Vielleicht würde er dann bei ihr bleiben.
'Pfui, Liebe', dachte sie, 'du bist ja schon ganz schön abhängig, du kommst ja nur noch über die Umleitung zu ihm zu dir selber.'
Sie saß an seinem Küchentisch und ritzte mit dem Messer feine Haarrisse in die Oberfläche der Fingernägel. 'Unsichtbare Krallen', dachte sie.
Dann hörte sie einen Schlüsselbund gegen die Eingangstür klappern.

Mäppel war tatendurstig in Wilmas Zimmer gestürmt, aber schon knapp hinter der Schwelle ins Straucheln geraten. Gerade, dass er noch die Tür hinter sich ins Schloss hatte ziehen können. Bei dem, was er da sah, schmolz sein Tatendrang zu einem einzigen Punkt zusammen, einem winzigen, nicht größer als ein Stecknadelkopf und der war aus Eis. Mäppel schien von jedem Kontakt zu seinem Willen abgeschnitten. Hätte ein Riese ihn hochgehoben, er hätte willenlos in dessen Faust geschlenkert wie eine Marionette.

Wilma kniete vor Mrocinski und ihr Kopf war in seinem Schoß bei der Arbeit. Mrocinski seinerseits strich mit einem langen Bassbogen ihren Rücken und die Ritze zwischen ihren Pobacken entlang. Beide waren splitternackt. Aus versteckten Boxen erklang das Forellenquintett. Plötzlich quoll ein Lachen aus Mäppels Kehle, wohl mit dem Ziel, ihn vom Rande der seelischen Erschöpfung wieder in die Handlungsfähigkeit zurückzuschütteln. Aber das ahnte er natürlich nicht. Um ihn aus seinem Schock herauszulocken, hatte die Phantasie ihm einen Streich gespielt: Er hatte eine Querflöte aus Mrocinskis Schoß herauswachsen sehen, auf der Wilma so virtuos fortissimo spielte, dass ihre Finger sich schneller bewegten als Trommelschläge von Tausendfüßlerbeinen. Und als hätte er Gras geraucht, wurde er plötzlich vom albernsten Gekicher geschüttelt, als ihm klar wurde, dass ausgerechnet an diesem Ort, der alles ausnahmslos bloß stellte, die Lautsprecherboxen vor unzüchtigen Blicken versteckt gehalten wurden. Welch ein Paradox.

Natürlich ließ Mrocinski den Bogen fallen und Wilma Mrocinskis Flöte. Die Flöte stand ganz von alleine in der Luft, wenn auch nur noch für den Bruchteil einer Sekunde. Denn als Mrocinski Mäppel erkannte, fiel ihm nicht nur die Kinnlade herunter. Wilma setzte sich breitbeinig auf die Bettkante und schaute ungeniert allem entgegen,

was da kommen mochte. Sie war eben durch und durch
eine Hure.

Er jauchzte lautlos, vielleicht auch, weil er windschief auf
den Fersen hockte. Direkt neben der Metalltür, die Schnabel von Mäppel und seiner, wohlgemerkt einstweiligen,
Freiheit trennte, steckte, knapp über dem Estrich (dem
von Rebenland), ein Ziegelstein, der sich von den anderen dadurch unterschied, dass er: Lose war. Er zog ihn
vorsichtig heraus und tastete, vorsichtiger noch, den
Hohlraum, den er hinterließ mit den Fingern ab. Nichts
als bröckliger Mörtel, rauer Stein, - Widerstände, von denen jeder mit Recht erwartete, dass sie die Haut kalkweiß
und mörtelgrau färbten. Er zog die Hand wieder heraus,
stützte sich mit ihr auf dem Boden ab und stöhnte leise.
Nichts. Er konnte nicht sehen, wo das Loch endete, die
Flurbeleuchtung war schummriger als der Strahl einer
Taschenlampe, - aber eine Taschenlampe hatte er erst
recht nicht.
Ein zweiter Versuch war Pflicht. Was hatte er zu finden
gehofft: Einen Mechanismus, der die Tür entriegelte? Mit
der gleichen Gründlichkeit, mit der er die Zähne putzte,
Zahn um Zahn, strich er mit Mittel- und Zeigefinger Zentimeter für Zentimeter Wände, Boden und Decke des Lo-
ches ab. Es war nicht größer als der Stein, der fehlte, kein
verstecktes Fach öffnete sich. Es wollte kein Geheimnis
preisgeben. Wütend schob er den Stein passgenau vor
das Loch, stand auf und beförderte ihn mit einem kräfti-
gen Tritt in sein altes Zuhause. Leise glitten die Türflügel
in die Wände zurück. Der Weg war frei.
„Mäppel", rief er mit gedämpfter Stimme und lauschte.
Totenstille. Keine Antwort. Schnabel schaute ein letztes

Mal in den Aufzugschacht hinauf, kein Surren, kein Schaben, kein Zahnrädchen regte sich. Dann verließ er sein Gefängnis und ging mit langen Schritten den Flur hinunter.

„Fass mich nicht an!"
„Wer ist denn gewaltsam bei mir eingedrungen?"
„Du bei mir. Ich hab dich nicht drum gebeten. Ich hatte genug mit mir zu tun."
„Ich hab nicht gemerkt, dass du was dagegen hattest."
„Hab ich auch nicht. Du hast was gegen mich, seitdem du es mit mir zu tun hast."
„Unsinn, ich bin auf dich geflogen."
„Und gelandet."
„Also."
„Und?"
„Nun?"
„Ja."
„Ja?"
Sie ließ das Messer fallen.

„Allem ein bisschen auf der Spur.", sagte Mäppel und rieb sich den Ellenbogen.
„Eindeutig.", sagte Wilma und kicherte.
„Du hältst die Schnauze!", rotzte Mäppel.
„Halten sie die Luft an", fuhr Mrocinski dazwischen und kramte Pofleisch und Gemächt in eine riesige Feinripp-unterhose.
Größe 8, dachte Mäppel, wenn das langt, und peepte unverhohlen zu Wilma hinüber. Möpse ganz so, wie er sie mochte: Rege und nicht zu groß. Prima Ernte, dachte Mäppel, muss ich gelegentlich einholen.

„Guter Auftritt.", sagte Mrocinski, der je mehr in seine Kleider um so schneller wieder in seine alte Rolle wuchs. „Ich war sowieso fertig." Er blickte zu Wilma rüber, „Oder?"

„Er weiß es.", antwortete Wilma staunend und voll Ironie. Dann zu Mäppel: „Kann ich mir 'n Gin zum Nachspülen holen, oder holen sie dann gleich ihr Ding raus."

Mäppel hob ergeben die Arme, „Du kannst mich ja abtasten."

„Na irgendwas wird wohl hart sein an dir. Nicht nur deine Muskeln."

„Verzeiht, wenn ich störe", mischte sich Mrocinski ein, „aber die Dame hat sicher noch einen Termin frei. Nicht wahr, Wilma. Oder machst du für mein Personal Überstunden."

„Wenn er für dich arbeitet, kannst du ihn ja uneingeschränkt empfehlen.", sagte Wilma, und legte Honigspuren in Mäppels Richtung.

„Wo ist Schnabel?", fragte Mrocinski. Wieder perfekt bis zum glattgestrichenen Socken.

Wilma fingerte an Mäppels Bizeps herum und krabbelte mit den Zehen unter sein Hosenbein.

„Ameisen", kicherte sie. „Und du bist so stark wie ein Puma."

„Pass auf, dass er nicht auch so stinkt.", sagte Mrocinski. Ihm behagte die Rolle des Zuschauers nicht. Er ordnete sorgfältig die Hemdfalten über seinem Bauch.

Wilma zuckte mit den Achseln und ging zum Barwagen hinüber.

„Gehen wir.", sagte Mrocinski und tat den ersten Schritt.

„Hier geht keiner.", zischte Wilma plötzlich. Es klang, als

würde sie mit der Ferse auf ein Marshmallow treten. Mrocinski guckte mitten in einem Ausfallschritt über die Schulter. Er strauchelte, hielt sich am Bettpfosten fest, sackte auf die Matratze.

„Da kannst du bleiben.", rief Wilma, setzte ihr Glas ab, holte von irgendwo am Fußende des Bettes Handschellen hervor, küsste Mrocinski auf die Stirn, und hatte ihn unversehens ans Bettgeländer gekettet.

Mäppel guckte jetzt so aus der Wäsche wie Mrocinski, als der von Mäppel nackt erwischt worden war. Was sollte das werden? Wollte Wilma eine Nummer mit ihm durchziehen, vor Mrocinskis Augen?

„Sitz und Schick hat das Füchslein.", sagte Wilma. Mäppel betrachtete ihr hennarotes Schamhaar und fragte sich, ob sie sich selber damit meinte.

„Vergiss nicht, Lachgas zu verteilen." Mrocinski war mürrisch und zerrte an den Fesseln. „Im Übrigen, 'nen Dreier hab ich nicht gebucht."

„Du hast bekommen, was du gezahlt hast, oder?"

„Na, also", sagte Mrocinski und guckte ratlos auf sein lahmgelegtes Handgelenk.

„Eigeninitiative.", erklärte Wilma und zu Mäppel gewandt:

„Ausziehen."

Der spannte die Muskeln unter dem Holster an, dass drunter durch die Luft pfiff.

Schnabel steckte seinen Kopf zur Tür herein. Schon der erste Blick auf Wilma fiel seiner Zensur zum Opfer. Er schaute von Mäppel zu seinem Chef, von Mrocinski zu seinem Kollegen und sagte:

„Operation Miezekätzchen. Wir haben den Täter. ... "

„Reinkommen. Tür abschließen.", herrschte Wilma ihn

an.

Schnabel, gewohnt Befehle entgegenzunehmen, erledigte das in der Kürze eines Augenblinzelns. Das zweite schickte er zu Mäppel hinüber. Dann legte er die Hand seitlich gegen die Rippen, wo sein Holster hätte sitzen sollen, und wölbte die Brauen zu Fragezeichen.

Wilma zückte ein Damenpistölchen von durchschlagendem Kaliber von irgendwo her und schrie:

„Keine Sperenzchen, Jungs!"

Die *Jungs* stöhnten alle drei schicksalsergeben auf, wenn auch aus den unterschiedlichsten Gründen.

„Ausziehen, Mäppel.", befahl Wilma und blies von oben auf ihr Pistölchen. Ob sie Feuer anfachen oder Staub verblasen wollte, war nicht unbedingt auszumachen.

Mäppel riss den Reißverschluss seiner Hose auf.

„Hemd.", schrie Wilma. „Willst du mich verarschen?!"

„Hast du deinen Job gewechselt?", fragte Mäppel und zerrte sein Hemd aus dem Hosenbund.

„Vom Blowjob zur Blauen Bohne.", maulte Mrocinski.

„Schnauze.", zischte Wilma und zielte weiter herzhaft auf Mäppel.

„Und ich?", beschwerte sich Schnabel. „Schließlich kenn ich den Mörder."

Ein Knall stob in die Stille. Für eine Schrecksekunde verschwanden alle Schatten, als sei die Plastikfolie einer Verpackung zerrissen und nichts würde mehr den direkten Blick trüben können auf das, was offensichtlich war. Dann wurde es finster und der Raum schrumpfte zu einer geballten Faust. Hätte man zumindest meinen können.

"Glauben sie's nicht.", sagte sie und fegte alle Zweifel mit einer harschen Handbewegung weg.

Die Liebe blieb ruhig, obwohl ihr die Zornesader auf der Stirn unmissverständlich anschwoll.

Willem fuchtelte mit dem Messer herum, dass die Carsten den Kopf einzog wie eine Schildkröte.

"Ist das ein Überfall? Ist der auch von der Polizei? So tun sie doch was.", zeterte sie und griff mit einer kleinen knochigen Hand nach Jutta Liebes Arm.

Die Liebe zog rasch den Arm weg und zuckte mit den Achseln.

Willem und sie standen schon seit über zehn Minuten im Büro von Madam Carsten. Sie war die Leiterin des Etablissements in der Kregelschen Villa. Ihr Büro war mit nichts anderem möbliert als einem riesigen schwarzen Bechstein-Flügel und einem runden Klavierhocker, auf dem sie saß wie auf einem Thron.

"Puffmutter", hatte Willem Jutta ins Ohr gezischt, als sie sich minutenlang geweigert hatte, über Wilmas derzeitigen Kunden Auskunft zu geben.

"Diskretion zu wahren ist unabdingbar fürs Geschäft. Und ich verkörpere das Geschäft meinen Angestellten gegenüber."

"Und ihre Angestellten verkörpern sich fürs Geschäft." Die Liebe konnte sich diese Bemerkung nicht verkneifen. Und dass Madam Carsten beleidigt ihre Lippen zu einem schmalen Band zusammenzurrte, kam ihr für den weiteren Verlauf des Gesprächs fast entgegen.

"Wir müssen mit ihr reden.", sagte Willem.

"Und Mrocinski, mein Chef, ist bei Wilma."

Madam Carsten verdrehte die Augen, was zu der Rolle, die sie, vornehm auszufüllen, sich große Mühe gab, nicht passen wollte und wiederholte:

"Glauben sie's nicht."

"Wen meinen sie denn jetzt? Mich?", forschte Jutta.

"Oder mich?", fragte Willem unschuldig.

Madam Carsten presste ihre Lippen zusammen und zerrte eine Zigarette aus der Schachtel. Die zerbröselte ihr zwischen den Fingern. Tabakwürmchen krochen über ihren Handrücken und in den Ärmelaufschlag ihres Jacketts hinein.

"Ach, lassen sie mich doch in Ruhe.", fluchte Madam Carsten und fischte eine zweite Zigarette aus der Packung. "Und nehmen sie das Messer von meinem Klavier.", herrschte sie Willem an. "Da sind mir ja die Kiesel von Wilma noch lieber."

"Aha", sagte Jutta. "Und welchen Stammkunden hat Wilma freitags von 12:30 bis 13.30 Uhr?"

Madam Carsten sog gierig an ihrer Zigarette, genoss den rettenden Nikotinschub und gab ein paar Daten in ihren Computer ein. Sie benutzte den Flügel ungeniert als Schreibtisch.

"Mrocinski", sagte sie und es klang, als würde sie ausspucken.

"Zimmer?", fragte Willem und steckte das Messer in den Hosenbund.

"33."

Die Liebe schlitterte im dritten Stock über das Parkett, Willem hinterher. Eine Frau in Kittelschürze kam ihnen entgegen. Offensichtlich eine Putzfrau. Sie schob sich dicht an der Wand entlang und hielt den Kopf gesenkt. Als sie mit Jutta auf gleicher Höhe war, lugte sie hastig unter ihrem Kopftuch hervor. Die Achsen ihrer Blicke froren für einen Sekundenbruchteil aneinander fest. Das genügte.

Die Liebe bremste ab, hielt inne und machte kehrt.

"Verdammt! Das ist sie."

"Wer?", rief Willem ihr nach. Als sie nicht antwortete, entschloss er sich, ihr zu folgen.

Jutta stand an der Treppe und rang nach Luft.

"Verschwunden", sagte sie, als Willem sie eingeholt hatte. "Aber die Treppe kann sie so schnell nicht hoch- oder runtergeflogen sein."

"Wer ... wer war das?", fragte Willem.

"Alles für die Katz.", polterte sie.

"Vogel oder Mäuschen?"

"Die Katzen sind wir. Komm." Jutta zerrte ihn wieder zurück den Flur entlang.

„Das war deine Schwester, Wilma."

„Wird Zeit, dass ich sie auch mal kennenlerne."

Jutta las die Ziffern auf den Türen: „29 ... 30 ... 31 ... 32 ... 34! 35!"

„33 ist weg."

„Wilma weg, Zimmer weg. Ich versteh gar nichts mehr. Ein Zimmer kann doch nicht so mir-nichts-dir-nichts verschwinden."

„Die Nummern sind natürlich vertauscht.", sagte Jutta, zog die Pistole, riss die 34 auf und stieß mit der Waffe hinein. Zwischen orientalischen Wandteppichen las eine nackte Frau im Vierfüßlerstand in einer Zeitschrift und rauchte. Ein Mann mühte sich zwischen ihren Pobacken ab und zischte dabei Börsennachrichten durch die Zähne:

„Interliga 7.0 – 0,3

Mannesmann +6 auf 14,3"

Das Blut schoss ihm in den Kopf, als er Jutta sah. Er

schrie auf.

„Na, endlich", stöhnte die Frau, klappte die Zeitschrift zu und drückte die Zigarette aus.

Im Nu hatte die Liebe die Tür wieder zugeschlagen.

"Das war's nicht. Andere Seite.", folgerte Jutta und schob die Pistole ins Zimmer 35.

Auf einer Peepshow-Scheibe räkelte sich ein Mann mit Speckrollen wie Wellblech und spreizte ungelenk seine kurzen Glieder.

"Ja, du bist wunderschön. Alle wollen dich sehen. Du zeigst es ihnen allen, alles, was du zu bieten hast. Dem Dr. Seegräber, dem Assessor Schwölle, dem Staatsanwalt Müller-Gräber. Und jetzt gibt es für den tollen Hansi-Wulle-Wulle eine noch tollere Bescherung." Eine langbeinige Schwarze, die den Text mit amerikanischem Akzent vor sich hingeleiert hatte, stellte sich breitbeinig über ihn und er schnappte nach den Cocktailwürstchen, die in einer langen Kette aus ihrem Schoß baumelten.

Die Liebe hatte nichts als den Po der Schwarzen bedroht, und der Dicke war so auf die Würstchen fixiert, dass er nichts zu sehen und zu hören schien.

"Wieder falsch", fluchte Jutta, als sie die Tür hinter sich zuzog.

"Aber sie kann doch nicht alle Nummern ausgetauscht haben", sagte Willem. "Selbst wenn sie tatsächlich meine Schwester wär."

Jutta verdrehte die Augen.

"Ich komme mir vor wie bei einem perversen Adventkalender. Welches Türchen soll ich denn als nächstes öffnen."

Tonton übergab sich unter dem Flügel.

"Tonton", schrie Madam Carsten wütend, "würg Deine Vogelgräten anderswo aus." Sie suchte hektisch nach irgendeinem Gegenstand, den sie dem Kater an den wuchtigen Schädel werfen konnte. Schnappte sich das Notenheft mit Beethovens Diabelli-Variationen und feuerte es unter Verwünschungen dem flüchtenden Tier hinterher. Das himmelblaue Heft schwirrte, Kante voraus, gegen den Türrahmen. Bevor es mit einem klatschenden Geräusch mit der Stirnseite die Schwelle traf, klaffte es auf und streckte irgendwem die Zunge heraus. Da der Kater längst auf und davon war, konnte diese herabsetzende Geste nur Madam Carsten gewidmet sein.

„So", sagte Madam Carsten. „Jetzt du. Jetzt kommst du unter dem Flügel hervor. Unterwürfigkeit ist ja schön und gut. Nein, was sag ich, hihihi, du bist selbstverständlich nur vor dem Kater auf der Flucht. Halt, bleib da, hier hast du eine Haushaltsrolle. Hol mir diesen ekelhaften Katzenschleim vom Parkett. ... Gut so. ... Jetzt roll sie zurück."

Madam Carsten schnappte mit dem linken Fuß nach der Haushaltsrolle, die auf sie zugerollt kam, hob sie flink mit ihrer kleinen Hand vom Boden auf, - überhaupt erinnerte vieles an ihr an einen Wiesel,- und sagte, jetzt Aug in Auge mit der Person, die sich unter dem Flügel versteckte:

„Komm schon raus, Wilma."

Dann riss sie die drei Blätter ab, die der Rolle hinterhergeschwänzelt waren, und begann hingebungsvoll die Klappe über der Klaviertastatur zu polieren.

„Hast du nichts an als die Kittelschürze? Du wirst dich erkälten. Wer will schon eine Top-Nutte mit Triefnase. Hast du meinen Aushang gelesen? Bist du endlich gegen

Grippe geimpft, ich bestehe darauf. Ein Gebot der Vernunft. Weißt du wie man die Dinger in meiner Jugend nannte?"

Sie strich die Kittelschürze glatt, die an Wilma, die sich endlich am Klavierhocker hochgezogen hatte, herabhing wie ein Putztuch, das jemand achtlos über eine Kristallkaraffe geworfen hatte.

„Kasack nannte man die, Kasack. Alles Orientalische war damals exotisch. Vom Winde verweht.", seufzte sie, „Omar Sharif. Iwan Rebroff. Wenn ich einmal reich wär ... " Sie begann zu singen. Ihre Stimme klang wie ein zusammengeknülltes Fensterleder, das jahrelang durch die trockene russische Steppe geweht war und kurz davor stand zu zerbröseln. Plötzlich brach sie unvermittelt ab und sagte:

„Dein Pistölchen leg auf den Flügel, Süße."

Wilma nestelte unter ihrem Kasack herum und holte von wo auch immer ihre Pistole hervor.

„Wie viel Injektionen? Drei?"

„Drei. Jeder Schuss ein Treffer."

„Hat jeder die Portion, die ihm zusteht?"

„Jeder die seine."

„Gut so. Hast du das Zimmer verschwinden lassen?"

„Ja."

„Nette Aufgabe für die Liebe."

„Nette Aufgabe für meinen Bruder."

„Liebst du ihn?"

„Blut ist dicker als Liebe."

„Mach, was du willst. ... Halt, die Bescheinigung für die Grippeschutzimpfung liegt übermorgen auf meinem Flügel! Verstanden!" Madam Carsten steckte Wilma die gebrauchten Papiertücher in die Taschen der Kittelschürze und setzte sich auf den Klavierhocker.

Damit war die Audienz beendet. Madam Carsten speiste die Leonorenouvertüre in die Tasten wie Daten in ihren Computer.

„Wenn ich dann noch da bin.", nuschelte Wilma.

„Also jetzt mal ehrlich", sagte Willem und pflückte ihr einen Kuss von den Lippen. „Ist das dein Job, verschwundene Zimmer ausfindig zu machen?"

„Ich hätte dich nicht mitnehmen dürfen, Male.", sagte Jutta, stellte sich auf die Zehenspitzen, reckte sich und biss ihm ins Ohrläppchen.

Rasseln, Schnurren. Ein altes Getriebe, eine Eieruhr? Jutta packte Male am Arm und presste sich flach an die Wand. Er tat es ihr nach, sein Herz klopfte wie beim Showdown eines James-Bond-Films im Fernsehen.

„Tapetentür", flüsterte sie.

„So einfach?", Male klang fast enttäuscht. „Aber ich seh hier keine Tapetentür."

„Nicht hier. Neben der Treppe. Wilma ist uns durch eine Tapetentür entwischt."

„Ach so, und die 33, verbirgt die sich auch hinter einer Tapetentür?"

„Nein, so einfach ist das nicht. Ich klammer mich wie eine Ertrinkende an das Problem, wohin dieses verdammte Zimmer verschwunden ist. Je mehr ich mich verbeiße, je weniger fällt mir dazu ein. Aber dann, peng, fällt mir die Lösung einer anderen Frage in den Schoß, an die ich schon längst nicht mehr gedacht hatte. Das geht mir öfter so. - Hörst du das Surren?"

„Surren?"

„Hör genau hin."

„Hm. Klingt wie ein Blechauto mit Federantrieb."

„Könnte man sagen."

„Ich hab's. Eine Kamera. Steht hier alles unter Beobachtung?"

„Hm."

„Zielfernrohr."

„Mal den Teufel nicht an die Wand, Male."

„Kannst du dir's aussuchen?"

„Halt, was habe ich gerade gesagt? Den Teufel an die Wand malen. Ja, genau, das ist es! So was ähnliches wie eine Kamera: Projektion."

„Zeigt uns jemand einen Film? Aber die Adventstürchen waren doch echt."

„Die 33 verschwindet hinter einem Hologramm."

„Sind wir in der Zukunft?"

„Noch nicht."

„Und wieso stehen wir wie die Ölsardinen an der Wand?"

„Sicher ist sicher."

Male rückte noch etwas näher an Jutta heran. Plötzlich erlosch die Flurbeleuchtung und es wurde finster. Bis auf ein Rechteck in der Größe einer Tür, direkt neben ihnen. Hell flimmerte ein Stück der Dekortapete auf der dunklen Wand. Wie ein funkelnder, aus sich selbst leuchtender Riesenkristall.

„Ich glaub, das war ich.", sagte Male. „Hinter mir ist ein Lichtschalter."

„Danke, Kommissar Zufall.", flüsterte Jutta. „Siehst du's jetzt?"

„Ja, natürlich, aber das ist keine Zukunftstechnologie, wenn auch verblüffend in der Anwendung und äußerst kostspielig. Flüssigkristallbildschirm. Bist du sicher, wir haben es hier nur mit einer Verrückten zu tun, die mir aus dem Jenseits droht und behauptet, sie sei meine Schwester. Dieser riesige Flachbildschirm kostet ein Vermögen."

„Wer weiß, was du dem Jenseits wert bist?", fragte die Liebe und kicherte leise.

„Leiche ist Leiche.", sagte Male und rückte das Messer unter seinem Gürtel zurecht, bereit, es zu benutzen wie ein Zwergenschwert.

Kaum hatte er den Satz ausgesprochen und das Messer ins Spiel gebracht, sahen sie sich gegenseitig an, als wären sie einander Ursache für die schreckliche Erinnerung, die jedem von ihnen nur ganz allein gehörte.

Das Flurlicht glomm wieder auf und hetzte sie zurück in eine Atmosphäre von Betriebsamkeit. Male musste beim Zurechtrücken des Gürtels erneut an den Lichtschalter gekommen sein.

Sie suchten nach einer Möglichkeit, den Bildschirm in irgendeine Richtung in Bewegung zu setzen, aber er schien mit der Wand verwachsen und man konnte an keiner Stelle um eine Kante greifen, weil keine Kante da war.

„Irgendwo muss es doch einen Mechanismus geben, mit dem der LCD-Schirm aufklappt und diese verdammte Tür freigibt.", fluchte die Liebe.

Ein riesiger Kater mit einem Schädel von der Größe eines Tigerbabys, trottete verdrossen den Flur entlang auf sie zu. Er blieb neben ihnen stehen, maunzte anklagend und rieb seinen gewaltigen Kopf gegen den Rahmen der nächstliegenden Tür. Erst machte es ein klackendes Geräusch, als lege jemand einen Schalter um, dann rumpelte es leise, als würde ein Befehl von einer Mechanik auf eine nächste übertragen. Es blieb zwei Sekunden lang totenstill, bevor der Bildschirm sich vollkommen geräuschlos zusammenrollte wie eine mobile Projektionsleinwand und in einem Fach im oberen Türsturz verschwand.

„Also doch fast ein Hauch von Zukunftstechnologie, zumindest auf dem Stand der derzeitigen Entwicklung: Elektronische Folie. Aber, weiß der Teufel, warum sie nahtlos mit der Tapete verschmilzt.", sagte Willem.

Der Kater setzte sich vor die wiedererschaffene Tür und schaute erwartungsvoll von Male zu Jutta.

„Na, toll,", sagte die Liebe. „Wenn ich jetzt die Tür einen Spalt breit öffne, ist der Kater so gut wie drin. Da können wir ja gleich mit erhobenen Händen reinmarschieren."

„Ich halt ihn fest.", sagte Male und schon beugte er sich zu dem Kater runter.

„Bist du Dompteur?", fragte Jutta.

Der Kater schnupperte an Willems Hand, schnurrte wie ein Jojo und strich um seine Beine.

Die Liebe zog erstaunt ihre Augenbrauen hoch und nickte anerkennend.

„Trotzdem. Wart's ab.", warnte sie.

„Man muss ihnen ihren Willen lassen.", antwortete Male.

„Wie bitte?"

„Dann kommen sie ganz von allein. Ganz anders, als bei den Frauen.", Willem zwinkerte ihr zu und grinste breit.

„Und wenn sie nicht kommen."

„Hat man auch nichts verloren."

„Achtung, ich geh jetzt rein, Du Zen-Macho. Ich drück dir die Daumen, dass du verlierst, indem du gewinnst. Kannst du mir folgen?"

„Kaum. Aber wenn die Luft rein ist, komm ich dir nach."

„Die Luft rein ... oh, Mann, jeder TV-Bürger ein geschwätziger Tatortspezialist. Demokratie als virtuelles

Brausepulver. ... Jetzt." Jutta stieß die Tür auf und schickte ihre Pistole voraus ins Ungewisse.

Male hatte gleichzeitig den Kater gepackt, der fuhr ungeniert seine Krallen aus und wetzte sie an Males Handrücken.

„Umpf", machte Male, weil er keinen Laut von sich geben wollte. Und setzte kaum hörbar hinterher: „Mit einer Katze wär mir das nicht passiert."

Kurz entschlossen ließ er den Kater fahren - schließlich war Jutta schon drin - und leckte seine Wunden.

Male hörte Jutta ungeniert aufstöhnen: „Ach, du liebe Zeit."

Er folgte dem Kater ins Zimmer und schloss vorsorglich die Tür hinter sich.

Auf dem französischen Bett lag eine nackte Frau, an Händen und Füßen mit Handschellen außer Gefecht gesetzt. Paketband hinderte sie daran zu schreien. Ansonsten wirkte sie aber putzmunter. Was man von den drei Männern nicht sagen konnte. Einer lag am Fußende des Bettes und war zusätzlich zu seiner offensichtlichen Ohnmacht, Speichel lief ihm aus dem Mundwinkel, mit einem Handgelenk am Bettgestänge gefesselt. Neben dem Bett stand ein roter Putzeimer. Fast genau in der Zimmermitte lag ein Mann mit offenem Hemd, man hatte freien Blick auf ein Holster mitsamt der Waffe, die darin steckte. Erst ganz zum Schluss sah Male einen dritten Mann gleich rechts neben der Tür liegen. Die Zeit, die über ihn hinweggegangen war, hatte einen sehr verwunderten Ausdruck auf seinem Gesicht hinterlassen.

„Darf ich vorstellen, meine Kollegen Schnabel, ... Mäppel. Und mein Chef Mrocinski zu Füßen von Dornröschen. Dornröschen kenn ich nicht, die darfst *du* wachküssen."

„Ist schon wach.", sagte Male und legte der Frau ein Laken über den bloßen Körper. Sie hielt ihn mit ihrem Blick unmissverständlich auf Abstand.

„Ich glaub nicht, dass ich ihr Märchenprinz bin."

Male kicherte albern. Er war nicht der Erste, den die jüngste Geschichte des verschwundenen Zimmers zu überfordern schien.

Jutta stöhnte auf und widmete sich ihren bewusstlosen Kollegen.

„Mein Gott", schrie sie, „flüstern sie doch nicht so!" und stellte sich schräg gegen den Wind.

„Es rauscht", sagte die Stimme am anderen Ende der Leitung. So leise, dass sie die Worte mehr erahnen musste, als dass sie verstand.

„Was sie nicht sagen.", antwortete sie, „deshalb müssen sie ja lauter sprechen."

Sie hätte sich gerne mit ihrem Handy in den Eingangsbereich eines Ladens zurückgezogen, aber auf dem Weg hierher, war sie nicht einmal an einem Tante-Emma-Laden vorbeigekommen. Sie stand in der letzten Straße einer Trabantenstadt, vor ihr nur noch Felder.

War es nicht besser, loszulaufen, ehe das Unwetter sich endgültig austoben würde? Die schwarze Wolke lag ihr fast schon im Nacken. Sie wollte den kürzesten Weg übers Feld nehmen und im angrenzenden Wäldchen Zuflucht suchen.

„Also, was ist jetzt?", schrie sie.

Die Aussicht darauf, schutzlos einem Wolkenbruch ausgeliefert zu sein, machte ihr Angst und plötzlich fror sie, tiefer als sie je würde nass werden können, tief bis ins innerste Mark ihrer Knochen.

„Also, was ist jetzt?", schrie sie, „was wollen sie von mir, verdammt nochmal!" Seltsamerweise fühlte sie sich in der stärkeren Position, sie telefonierte nicht von ihrem Festnetzanschluss, brauchte also nicht zu befürchten, dass man ihre Adresse zurückverfolgen konnte.

„Wollen sie mir eine Versicherung verkaufen? Ich steh hier kurz vor dem Ende der Welt und sie wollen mir eine Versicherung verkaufen!"

„Es geht ... um eine Auskunft.", flüsterte die Stimme und sie klang sanfter als je zuvor, so als sei diese Sanftheit Ventil für ein Reservoir von Sehnsucht, Wut und Eifersucht, das weit unter der äußersten Kammer des Herzens lag.

Plötzlich blies eine Windbö ihren Anorak auf wie einen Ballon und wollte sie werweißwohin davontragen. Andernfalls wäre ihr vielleicht aufgefallen, dass die Stimme am anderen Ende der Leitung verstummt war. Sein Urheber lauschte, als wolle er Maß nehmen, Maß nehmen zum Sprung.

„Sie kriegen von mir gar nichts!"

Sie brüllte gegen das rücksichtslose Verhalten jenes Menschen am Telefon an und mehr noch gegen den Sturm, der jetzt aufheulte vor Wut, als habe sie ihn allein durch die Tatsache, ihm auf offenem Feld standhalten zu wollen, tödlich beleidigt.

„Ich muss in diesen verdammten Wald, sonst nützt mir keine Versicherung je wieder was ... oder was immer sie mir da andrehen wollen!"

Sie drückte auf den roten Knopf, klappte ihr Handy zusammen, verstaute es in den Anorak, lief gleichzeitig, die letzte Straßenlaterne hinter sich lassend, auf den kurzen steinigen Feldweg, und hielt auf das Wäldchen zu, das

Rettung versprach.

Aber muss sein Versprechen halten, wer es nie gegeben hat?

Der Regen ging nieder wie aus den verschwenderischen Kellen einer Horde von Riesen. Gelegentlich schmiss der ein oder andere seine Kelle zu Tal und das Echo der Schläge ließ die Baumwipfel erzittern. Funken stoben, wenn das Metall in irrsinnigem Tempo über die Felsen schoss. Donnerschlag folgte auf Blitz, Blitz auf Donnerschlag. Zwanzig Minuten später hörte das Unwetter so plötzlich auf wie es angefangen hatte, als habe Petrus gedankenverloren in ein anderes Programm gezappt.

Noch klang von Ästen und Blättern das Kauderwelsch herabfallender Tropfen, da zog der Himmel den Vorhang zu einer sternklaren Nacht auf, denn Tag konnte es jetzt nicht mehr werden. Für sie nie wieder.

Er vermied den Weg, lief geduckt am Feldrain entlang auf das Wäldchen zu. Nebel rann wie weiße Lava zwischen den Stämmen, ergoss sich über den Acker und gab dem Mondlicht einen gespenstischen Widerschein. Der Nebel machte lange Finger und klaubte einen Mann vom freien Gelände ins Baumdickicht hinein, der auffallend spitze Schuhe trug. Sie waren so frei von Ackerlehm und Nässe, dass man den Eindruck hatte, er wäre geflogen. Dabei ächzte er unter seiner Fettleibigkeit.

Der Nebel stieg in die klare Nacht und verdichtete sich.

Ein Schrei ließ Willems Blut gefrieren, er stieß sich von der letzten Straßenlaterne ab und jagte über den Feldweg auf das Wäldchen zu.

Es war eine bange halbe Stunde her, dass er einen Anruf erhalten hatte.

„Willem"

„Ka ... Katinka"

„Willem, du musst mir helfen."

„Katinka, ... aber ... wo"

„Willem, sag jetzt nichts, ich bin nicht in Australien, ... warte, ich erklär dir alles später. Ich bin im Ruhwäldchen, ja, in unserem Wald, du weißt schon wo. Bitte, ... bitte hol mich ab, ich friere, ich bin nass, ich seh nicht die Hand vor Augen, ich fürchte mich so. Bitte vertrau mir, ... kommst du?"

„Ja, ... warte, Katinka. Bin gleich da. Warte."

Sie hatte ihm nicht weiter erklären müssen, an welcher Stelle er sie suchen sollte. Oft waren sie gemeinsam im Ruhwald gewesen, hatten einander gejagt, Verstecken gespielt, sich gegenseitig aufgelauert, sich atemlos in den Armen gelegen. Erschöpft hatten sie es sich auf dem Moos einer kleinen Lichtung bequem gemacht, zwischen Waldbeersträuchern ihre Köpfe zusammengesteckt, ihre Nasen am Hals des anderen gerieben, in den Kuhlen der Schlüsselbeine, hatten mit ihren Lippen nach den Lippen des anderen geschnappt und waren dennoch auf der Hut gewesen. Ihre Herzen hatten sich am Schnittpunkt von Vergangenheit und Zukunft getroffen: Jetzt.

Auf diese Lichtung hielt er zu, hetzte, rutschte über nasse Äste, strauchelte, umklammerte im Fallen die harzigen Fichtenstämme, richtete sich auf, irrte weiter vorwärts. Und wenn er kurz inne hielt, um sich zu orientieren, hörte er in seinem Kopf immer wieder das Echo ihres Schreis.

Er fand sie dicht hinter einem Felsen, der, kaum mannshoch, mit einer Spitze bis auf die Lichtung ragte. Sie lag zwischen dem Stein und drei Fichten, die dicht am Felsen wuchsen, eingeklemmt wie in einem Etui. Sie hatte einen Schuh verloren und als er ihren Kopf anhob, um in ihr Gesicht zu sehen, klebte Blut auf ihrer Stirn. Unaufhörlich sickerte es zwischen ihren blonden Haaren hervor.

Er hörte ein lautes Knacken von der anderen Seite des Felsens, spürte eine verzweifelte Wut in sich aufsteigen, sprang auf und rannte dem Geräusch blindlings hinterher.

Als er die erste Straßenlaterne erreichte, hatte er jede Spur verloren. Tanja, er musste Tanja anrufen. Er bemerkte nicht, dass er beobachtet wurde. Zwei glänzende Schuhspitzen lugten unter dem Nebel hervor wie unter einem weißen Vorhang.

Willem beobachtete, wie Jutta die Haut ihres Chefs Zentimeter für Zentimeter untersuchte, als gelte es etwas zu entziffern, was Mrocinski, wenn er im Vollbesitz seiner mentalen Kräfte war, erfolgreich verbarg. Eine in seine Haut tätowierte Anleitung vielleicht, in der geschrieben stand, wie man ihn behandeln musste, ohne ständig auf seinen Widerstand zu stoßen. Die sorgfältige, konzentrierte Bewegung von Jutta und das Schnurren des Katers, der mit seinem dicken Schädel um seine Beine strich, schläferten Willem ein. Der Kater schien nicht nachtragend zu sein. Willem auch nicht, dazu war er viel zu müde. Er setzte sich in einen Sessel und seine Augenlider wurden furchtbar schwer. Er musste Jutta die Wahrheit sagen und dann sollte er, um alles zu vergessen, die Koffer packen und abhauen. Irgendwo von vorne anfangen. War es wirklich erst eine Woche her, dass er im Rathaus seinen neuen Reisepass abholen wollte, und stattdessen im Kommissariat vor dem Getränkeautomat gelandet war? Und Wilma hatte sich für seine Schwester ausgegeben?

Er schreckte hoch und war von einer Minute auf die andere wieder hellwach.

„Verdammt, jemand muss sich um Wilma kümmern!", schrie er.

„Lass nur", sagte Jutta und rieb dabei mit dem Daumen über eine Stelle in Mrocinskis Nacken, die leicht gerötet war und einem Mückenstich glich. „die kommt schon wieder zurück in ihren Stall. Immerhin ist sie hier eine große Nummer. Aber unsere Nummer Eins ist sie nicht. Kein weibliches Rhinozeros. Tut mir leid, aber deine falsche Schwester ist, was ihre kriminelle Energie angeht, bloßer Durchschnitt."

'Was man von dir, Liebster, nicht sagen kann', dachte sie.

„Aber ... "

„Nein", unterbrach sie ihn, „sie hatte nur die Aufgabe, mich auszuspionieren. Und Kieselsteine sammelt sie tatsächlich. Du hast ja gehört, was Madam Carsten gesagt hat."

'Ich liebe dich', dachte er und zog gleichzeitig eine beleidigte Schnute.

„Schau dir das an", sagte sie und lockte ihn mit nach außen gedrehter Handfläche zu sich heran, als wolle sie ihn bei der Hand nehmen. Er ging die paar Schritte zu ihr hinüber.

„Siehst du die Einstichstelle? Es würde mich nicht wundern, wenn wir auch bei meinen Kollegen eine finden würden."

„Die Abrechnung ging tatsächlich über Madam Carstens

106

Computer. Das Lager ist im Keller. Schnabel hätte eigentlich darüber stolpern müssen, aber er wollte ja den Anschluss an Mäppel nicht verlieren. Und Mäppel hätte es finden müssen, wenn er nicht seinem Schwanz gefolgt wäre. Und hier kommt unsere kleine Putzfrau ins Spiel. Sie schiebt Wache im Keller und verwaltet nebenher die Klopapierrollen. Ihr Bruder arbeitet für die Kosovo-Mafia und schafft das Rauschgift ran. Aber wie kommt es nach Deutschland?"

Willem zuckte mit den Achseln, sein Hals war trocken, weil er das Schlucken vergessen hatte.

„Über Kuriere natürlich. Und eine der Kuriere war deine Freundin. Du wusstest lange nichts davon. *Du* hast Tanjas Kurierdienst betreut. Kein Kurier wusste von dem anderen, und kein Betreuer wusste von dem anderen. Das hat Madam Carsten sehr schlau eingefädelt, damit der Ast, der nicht mehr funktionierte, gleich abgeschlagen werden konnte. So blieb der Stamm immer gesund. Aber dann haben Tanja und deine Freundin sich im Oblomov kennengelernt und ihre lesbische Seite entdeckt. Tanja hatte ein bisschen was für sich abgezweigt und mit Katinka zusammen geschnupft. Und damit waren sie beim Thema. Und jede entdeckte der anderen, dass sie Kurier war. Ich kann mir vorstellen, was in dir vorging, als Katinka dir Tanja als ihre Freundin präsentierte. Findest du es nicht hochanständig von Tanja, dass sie weder Katinka erzählte, dass du ihr Betreuer warst, noch dir, dass Katinka auch Kurierdienst machte?! Dann hat Katinka ein ganzes Päckchen zurückbehalten und wollte Tanja damit eine Freude machen. Ihr Betreuer machte nicht viel Federlesen und gab den Fall an den Mann fürs Grobe weiter, den sogenannten Versehrer. Er schlug die kranken Glieder ab im System."

Willem zitterte am ganzen Körper. Sie wär gerne zu ihm gegangen und hätte ihn in den Arm genommen, aber dazu war es noch zu früh, sie musste erst ihren Weg zu Ende gehen.

„Ja, ich weiß, wie blauäugig ich war, all die Geschenke von Mielitz anzunehmen, der Ring war nur der Anfang. Er hatte ein Faible für alles, was auch nur entfernt an Gold erinnerte."

„Der Slip."

„Der auch."

Willems Einwurf hatte Jutta kurz aus der Bahn geworfen und es entstand eine längere Pause. Zwischen ihnen baumelten die losen Enden einer Schnur. Es galt, sie miteinander zu verknüpfen.

Was war das, woran sie sich erinnerten? Eine längst beendete Beziehung? Eine Beziehung, die nie existiert hatte? Ein abgeschlossenes Kapitel?

Jutta wusste, dass sie fortfahren musste und holte tief Luft.

„Mielitz war sozusagen der Personalchef. Er war mit dem Versehrer am Umspannhäuschen im Wald verabredet, ich weiß nicht, warum er sich darauf eingelassen hatte. Jedenfalls kam es zum Streit und der Versehrer rammte Mielitz das Messer in den Bauch, mit dem er zuvor Katinka auf der Lichtung getötet hatte."

Juttas Stimme drohte zu versagen, sie umklammerte mit beiden Händen den Bettpfosten und räusperte sich. Sie sah aus dem Augenwinkel, dass Willem aufstehen wollte und fuhr rasch fort:

„Ich kam ein paar Minuten nach dem Versehrer, ein paar

Minuten zu spät. Ich hatte Mielitz verfolgt, aber schon eine ganze Strecke vor dem Umspannhäuschen seine Spur verloren. Ich hatte schon längere Zeit geahnt, für wen er arbeitet. Ich tröstete mich aber damit, dass er weder daran beteiligt war, das Rauschgift ins Land zu schaffen, noch daran, es an die Junkies zu verkaufen. Als ob das einen Unterschied machte. *Er,* redete ich mir ein, verwaltete ja nur den Lohn für die Kuriere und die Betreuer. *Er* war einfach nur im falschen Konzern tätig und nicht betrügerischer als ein Personalchef bei Daimler. Ich weiß, das war eine Notlüge, mit der ich meine Beziehung zu ihm retten wollte.

Ich kam ein paar Minuten zu spät. Du fandest ihn, weil du dem Versehrer gefolgt warst. Wir müssen uns knapp verpasst haben. Dann hast du das Messer genommen, die Tatwaffe des Versehrers, um Katinka zu rächen. Du wolltest ihn töten mit der Waffe, mit dem er Deine Katinka und meinen Mielitz getötet hatte. Aber er ist dir entwischt, mir entwischt. Obwohl er einen Fehler beging, als er mich hörte: Er ließ das Messer stecken. Er muss mich für dich gehalten haben. Und du bist mir gefolgt, weil du das Knacken der Äste nur für *seine* Spur halten konntest. Wenn der Bus nicht so rasch gekommen wäre und der Nebel die Sicht nicht behindert hätte, ... ja, was wäre dann gewesen: Hättest du mich getötet? Aber trotz allem sind wir uns in der Nacht so nah gekommen, dass unser Schicksal sich in dem Moment fest miteinander verband, wir haben den Anker nacheinander ausgeworfen. Die emotionale Energie um jeden von uns muss so stark gewesen sein und der Energie des anderen so ähnlich, dass sie sich gegenseitig überlagerten, miteinander verschmolzen, zu einer einzigen Energie wurden. Wir hatten uns gegenseitig markiert und würden uns auf immer wiedererkennen. Meine Angst hat die deine geschluckt und umgekehrt deine Panik die meine. Wir hatten von nun an keine Chance, uns zu entgehen.

Der Versehrer hatte nicht die Aufgabe, dich zu töten, ja, er kannte dich nicht mal. Madam Carsten hat immer nur die Person aus der Deckung geholt, die ausgelöscht werden sollte. Aber er belauschte dein Telefongespräch mit Tanja und wusste, dass er sich beeilen musste. Deshalb kamst du auch in Tanjas Fall zu spät. Der Versehrer muss noch in der Wohnung gewesen sein, oder auf dem Treppenabsatz in der Etage darüber. Ich weiß nicht, warum der Versehrer dich verschont hat, aber ich glaube, er ist ein Pedant, ein Befehlsempfänger, der nur die Aufgabe akribisch erledigt, die man ihm anvertraut. Dadurch erhofft er sich die höchste Anerkennung des Auftraggebers. Frei von sexuellen Triebfedern ist er natürlich auch nicht. Er sehnt sich danach, die Dämme zu brechen, die er sich gewissermaßen selber geschaffen hat, sehnt sich danach auszuufern. Er bewundert alles, was Funken sprüht, explodiert. Im Mord entdeckt er sich als Pyromane der Emotion.

Ich kann mir denken, warum du Tanjas Leiche nicht gemeldet hast. Schließlich wolltest du als Betreuer nicht auffliegen. Wir haben den Fund ihrer Leiche absichtlich nicht bekannt gegeben, weil wir eine Chance sahen, dass der Mörder an den Tatort zurückkommen würde. Stattdessen kamst du selber zu uns ins Kommissariat. Du wolltest wissen, wer Katinka und Tanja ermordet hatte, du wolltest den Mörder vor der Polizei finden und dich an ihm rächen. Vielleicht sogar mit dem Messer, das er für den Mord an Katinka benutzt hatte. Du hofftest, du würdest bei uns im Flur was aufschnappen, oder in einem offenen Büro zufällig eine Notiz finden.

Stattdessen habe ich mich *wieder* in einen Ganoven verliebt. Dass muss Madam Carsten heute sehr beruhigt haben, mich in Deiner Begleitung zu sehen. Und wiegt sie wohl immer noch in Sicherheit. Sie ist die Einzige, die alle kennt, die für sie arbeiten."

„Also auch den Versehrer?" Willem löste sich aus seiner Erstarrung.

„Auch den Versehrer."

Willem sprang auf und rannte zur Tür.

„Halt, Willem, du brauchst nicht zu ihr. Ich weiß jetzt, wer der Mörder von Mielitz und Katinka ist. Er ist hier im Raum."

Die Putzfrau stöhnte auf und blickte starr auf Mrocinski, der ihr wie Blei auf den Beinen lag.

„Hier im Raum?", rief Willem und machte unwillkürlich ein paar Schritte auf das Bett zu.

„Nein.",sagte Jutta, „Mrocinski nicht."

Sie hatte einen Kloß im Hals und spürte, wie eine lähmende Traurigkeit in ihr hochstieg, von der Magengegend bis ins Herz. Wenn da wirklich noch soviel Hass in Willem auf den Versehrer war, wie konnte er dann in der Lage sein, sie zu lieben. Plötzlich fiel ihr ein, dass er gesagt hatte, er müsse sie für einige Zeit verlassen. Hatte er schon konkrete Rachepläne gefasst? Oder spürte er, dass er mit diesem Hass im Herzen bei ihr keine Ruhe finden konnte.

Und was war mit *ihrer* Wut auf den Mörder von Mielitz? Und mit ihrer Wut auf sich selber, weil sie um Haaresbreite zu spät gekommen war, um seinen Tod zu verhindern.

Hatten sie nicht den gleichen Hass in sich und waren ihre Selbstvorwürfe nicht so groß, dass sie sich die Schuld am Tod ihrer Partner selbst anlasteten. Ja ging ihre Überzeugung nicht manchmal so weit, dass sie sich selber für den Mörder hielten? War es da nicht natürlich, dass sie sich zueinander hingezogen fühlten? Aber war das Liebe? Hatte die Liebe eine Chance, wenn ein Versehrer ihre Herzen hinterließ wie nach einem Steppenbrand, trocken, verödet, aber voller unheilvoller Hitze, weil er die Existenz der Menschen, die ihnen am meisten am Herzen lagen, ausgelöscht hatte? Er versehrte nicht die, die er tötete, sondern beschädigte das Leben derer, die zurückblieben.

Konnten sie auf der Asche ihrer Herzen ein Leben aufbauen?

„Jetzt kommen nur noch zwei in Frage.", sagte Jutta.

„Mäppel oder Schnabel?", Willem schüttelte ungläubig den Kopf.

„Mäppel oder Schnabel.", antwortete Jutta mit dünner bis zum Zerreißen angespannter Stimme.

Es kam zum Prozess wegen unterlassener Hilfeleistung. Die Angehörigen, ein Bruder und seine Frau, hatten Klage eingereicht. Sie waren der Meinung, Jutta Liebe und Willem hätten sofort, als sie die Lage im Liebeszimmer überblickten, medizinische Hilfe herbeirufen sollen. Die Verteidigung warf andererseits in die Waagschale, dass zwei von drei Kriminalbeamten überlebt und nachweislich eine geringe Dosis des Betäubungsgiftes durch Wilmas Spezialpistole verabreicht bekommen hatten. Schließlich wurden sie freigesprochen. Es blieb unklar, warum ausgerechnet Schnabel als einziger der Drei an einer Überdosis gestorben war. Man einigte sich darauf, dass eine Exekution durch den Kopf der Rauschgiftbande stattgefunden hatte. Die Fahndung nach Wilma lief auf Hochtouren, auch nach Madam Carsten hatte man vergeblich in der ganzen Villa gesucht. Sie wird für diesen Fall der Fälle vorgesorgt haben. Jutta Liebe machte man unter anderem die Flucht der beiden Frauen zum Vorwurf, man hielt ihr aber zugute, dass sie durch ihre Ermittlungsarbeit maßgeblich dazu beigetragen hatte, dass ein Rauschgiftring mit internationalen Querverbindungen aufgeflogen war. Die Lücke, die durch die Entlarvung in der Rauschmittelversorgung der Stadt und der nahen Großstadt klaffte, wurde schon bald wieder von einem Netzwerk von Verteilern und Kurieren aufgefüllt, das noch unpersönlicher und raffinierter war, als das vorhergehende, - jede Romantik, auch wenn es die eines Bordells war, war daraus verschwunden.

Das Kregels wurde natürlich geschlossen und für die Erweiterung des städtischen Museums auf Kosten der Steuerzahler restauriert. Eine nicht unbeträchtliche Anzahl von Frauen wunderte sich, dass ihre Männer plötzlich so viel Zeit zu Hause verbrachten. Im gleichen Maße jedoch, wie sich die Zeit, die sie früher angeblich im Büro zubrachten, verringerte, erhöhte sich ihre Unzufriedenheit. Das häusliche Konfliktpotenzial, das daraus entstand, wurde zu Dynamit. Die Zahl der Ehescheidungen stieg sprunghaft, in einem Fall kam es sogar zum Gattenmord. Mit einem Küchenmesser. Mit der Klärung dieses Falles wurde Jutta Liebe betraut.

„Horch nicht so laut", sagte sie.
Der Morgen streckte seine Finger nach ihr aus. An der

Kälte, die ihr über die Knie kroch, und an der klebrigen Spur der Blutorange, deren Saft ihr die Handwurzel hinab bis zur Ellenbeuge troff, erkannte sie den Tag. Der Kaffee wollte über die Tassenränder schauen, aber es war nur Willems Gier, die das Bett in Bewegung hielt. Schließlich fror sie überall, und es nützte nichts, dass er sie mit seinem ganzen Körper zudeckte, um sie zu wärmen. Als sie sich von ihm löste, tat es weh wie Wundpflaster, das man von der Haut reißt, weil Saft, und Schweiß zwischen ihnen getrocknet waren, als wollten sie sie auf ewig verbinden. Ihr Körper war so steif wie zu Mielitz Zeiten kurz vor dem Einschlafen. Sie hatte sich durch ein neues Nadelöhr gefädelt und empfand nicht die Spur von Glück. Sie ging, ohne etwas zu beteuern.
Er blieb zurück und sein Körper fühlte sich an wie aus Stein gemeißelt. Die Luft zog scharf über seine Konturen hinweg.

Der Baum neigt seine Äste und klappert mit den dünnen Spitzen der Zweige ans Fenster wie mit Knochenfingern. Wer würde da nicht erschrecken? Das Mondlicht, das fast senkrecht auf die Blätter fällt, hat die Ruhe weg, aber der grünen Farbe ist speiübel, so weiß wird ihr um die Nase. Alles Leben entweicht und versickert. Vielleicht holen wir's ein und werden emporgespült, - auf dem Rücken einer Fontäne.

Zwar und Obal:
"Ist es wirklich so, dass man von Glück sagen kann?"
"Bei was?".
"Bei allem"
"Wieso fragst du?"

114